삼국사기와
삼국유사

청소년들아, 설화를 만나자

삼국사기와
삼국유사

김부식, 일연 외 글 | 리상호 외 옮김 | 정지영 다시쓰기 | 박건웅 그림

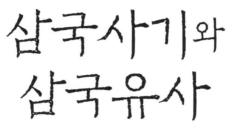

보리

차례

1부 하늘 아래 널리 이롭게 하라

2부 백제는 둥근달 신라는 초승달

3부 거센 물결을 잠재우는 젓대

4부 그대를 위해 방아 노래로 위로하리라

우리 고전 깊이 읽기

• 설화와 전기에 관하여

• 《삼국사기》와 김부식

• 《삼국유사》와 일연

1부
하늘 아래 널리 이롭게 하라

고조선 단군

옛 기록은 다음과 같이 이르고 있다.

옛날 환인의 아들 중에 환웅이란 이가 있어 자주 나라를 가져 볼 뜻을 두고 인간 세상을 다스려 보려 하였다. 아버지가 아들의 마음을 알고 아래로 삼위태백* 땅을 내려다보니, 그곳은 사람들을 널리 이롭게 할 만하였다. 이에 하늘의 신표*인 천부인 세 개를 주어 그곳에 내려가서 다스리게 하였다.

환웅이 삼천 명 되는 무리를 거느리고 태백산* 꼭대기 신단나무 밑에 내려오니, 이곳을 '신시'라 일렀다. 이가 곧 환웅 천왕이다.

그는 풍백, 운사, 우사*를 거느리고서, 농사, 생명, 질병, 형벌, 선과 악에 관한 일 등 무릇 인간 생활의 삼백육십여 가지 일을 모두 주관하여 세상을 다스리고 깨우쳤다.

이때 곰 한 마리와 범 한 마리가 같은 굴속에 살고 있었는데, 늘 신인

* 삼위태백을 《동국여지승람》에는 황해도 구월산이라 하였다.
* 신표는 뒷날에 증거가 되게 하기 위하여 서로 주고받는 물건.
* 《삼국유사》에는 태백산이 지금의 묘향산을 말한다고 했으나 지금의 백두산을 가리킨다고 보기도 한다.
* 풍백은 바람, 운사는 구름, 우사는 비를 맡아보는 신이다.

환웅에게 사람이 되게 하여 달라고 빌었다.

환웅이 신령스러운 쑥 한 묶음과 마늘 스무 쪽을 주면서 일렀다.

"너희들이 이것을 먹고 백 날 동안 햇빛을 보지 아니하면, 곧 사람의 모습이 될 것이니라."

곰과 범은 쑥과 마늘을 얻어먹었는데, 곰은 기*한 지 스무하루 만에 환웅의 말씀을 지켜 여자가 되었고, 범은 기하지 못해서 사람이 되지 못하였다.

여자가 된 곰은 혼인할 상대가 없었으므로 늘 신단나무 밑에 와서는 아이를 가질 수 있게 해 달라고 빌었다. 이에 환웅이 잠깐 사람으로 변해 그와 혼인해서 아들을 낳으니, 이름을 '단군왕검'이라 하였다.

단군은 중국 요임금이 왕위에 오른 지 오십 년에 평양성에 도읍을 정하고, 처음으로 나라 이름을 '조선'이라 하였다.

또 도읍을 백악산 아사달*로 옮겼는데 이곳은 '궁홀산' 또는 '금미달'이라 하였다. 그 뒤 천오백 년 동안 나라를 다스렸다.

단군은 장당경*으로 도읍을 옮겼다가, 그 뒤에 다시 아사달에 돌아와 숨어 산신이 되었다. 이때 단군왕검 나이가 1,908세였다.

—《삼국유사》

---

* 기(忌)는 어떤 소원을 빌기 위해서 행동과 말을 삼가는 것을 이른다.
* 아사달은, 평양 부근 백악산을 말한다는 설과 황해도 신천의 구월산을 가리킨다는 설이 있다.
* 장당경은 땅 이름인데 지금 어느 곳인지 알 수 없다.

❖ 《삼국유사》〈고조선〉편에는 고대의 여러 문헌들에서 기록이 인용되었는데, 이 이야기는 그 가운데 우리나라의 옛 기록에서 인용한 대목을 뽑은 것이다. 이 설화는 문헌에 남아서 전하는 우리나라의 건국 설화들 가운데 가장 고대적인 성격을 띠고 있다. 옛사람들의 사회, 경제 생활 모습과 그들이 가졌던 소박하고 원시적인 사상과 종교의 특성도 반영하고 있다.

이 설화는 고조선의 원시 공동체 사람들 속에서 창조되어 매우 오랫동안 구전으로 전해지다가 이후에 문헌에 기록된 것으로 보인다. 이 이야기 말고도 현재 문헌에 기록되어 전하는 단군신화는 여럿 있는데, 그 가운데 대표적인 것으로는 고려 이승휴의 《제왕운기》와 조선 《세종실록》에 실린 것들이 있다.

해모수와 유화

옛 기록은 다음과 같이 이르고 있다.*

부여 왕 해부루는 늙도록 아들이 없었다. 그래서 산천에 기도하여 아들을 낳게 해 달라고 빌었다. 하루는 그가 타고 가던 말이 곤연이라는 곳에 이르러서 큰 돌을 보더니 눈물을 흘렸다. 왕이 이상하게 생각하여 사람을 시켜 돌을 굴리게 하였더니, 금빛 개구리처럼 생긴 어린아이가 있었다.

"이것은 하늘이 나에게 주신 아들이구나!"

왕은 이렇게 말하고 아이를 거두어 길렀다. 아이 이름을 '금와'라고 하였고, 뒤에 태자로 삼았다.

그 뒤에 정승 아란불이 왕에게 아뢰었다.

"일전에 어느 날 하느님이 나에게 내려와 이르기를 '장차 나의 자손이 여기에 나라를 세우려고 하니 너는 피하라! 동쪽 바닷가 가섭원이라는 곳이 있는데 땅이 좋아 오곡을 심기 알맞으니 도읍을 정할 만하다'

---

* 원문에서는 옛 기록을 〈본기〉라 표기하였는데, 《구삼국사》 〈동명왕 본기〉를 가리킨다.

하였습니다."

그는 왕에게 권하여 가섭원으로 도읍을 옮기게 하고 나라 이름을 '동부여'라고 하였다.

옛 도읍지(북부여)에는 해모수가 천제의 아들로서 내려와 도읍을 정하였다. 그가 하늘에서 내려올 때에 오룡거(다섯 마리 용이 끄는 수레)를 탔는데 신하들 백여 명이 모두 흰 따오기를 타고 그를 따랐다. 고운 빛깔 구름이 그 위에 뜨고 음악 소리가 구름 속에서 울려 퍼졌다.

그들은 웅심산에 와서 머물다가, 십여 일이 지나 비로소 내려와서 이 땅에 닿은 것이다. 그는 머리에 새깃관을 썼고 허리에는 용천검을 차고 있었다. 해모수는 아침에는 지상에 내려와 정사를 돌보았고, 저녁이 되면 하늘로 올라가곤 하였다. 때문에 세상에서는 그를 '천왕랑'이라고 하였다.

성 북쪽에는 청하(지금의 압록강)라는 강이 있었는데, 거기에는 하백(물을 맡아 다스리는 신)의 고운 세 딸이 나와 놀곤 하였다. 맨 맏이는 '유화', 둘째는 '훤화', 그리고 막내 동생은 '위화'라고 하였다. 그들은 청하에서 웅심연 못 위로 나와 놀았다. 거룩한 자태들은 몹시 아름다웠고, 몸에 찬 패물들이 서로 부딪혀 쟁그랑 소리를 내는데, 꼭 옛이야기에 나오는 여신들 같았다.

마침 해모수가 사냥을 나왔다가 그들을 보고 첫눈에 마음이 끌렸다. 그래서 좌우 신하에게 말하였다.

"저들을 왕비로 삼으면 훌륭한 아들을 볼 수 있겠다."

그러나 여자들은 왕만 보면 곧 물속으로 들어가 버리곤 하였다. 이때 신하들이 아뢰었다.

"어찌하여 임금은 궁전을 지어 놓고 여자들이 방 안에 들어오기를 기다렸다가 문을 닫고 막지 않으십니까?"

왕이 그 말을 듣고 그럴듯하게 여겨 말채찍으로 땅을 그으니 갑자기 구리 궁전이 웅장하게 솟아났다. 그 방 안에 세 자리를 마련해 놓고 술항아리를 놓아두었다. 그랬더니 여자들이 들어와서 따로 자리에 앉아서로 술을 마시며 즐기다가 매우 취하였다. 왕이 세 여자가 취하기를 기다렸다가 급히 뛰어나가 막아서니 여자들이 놀라 달아났으나, 맏딸 유화만은 왕에게 잡히고 말았다.

이 소식을 듣고 하백이 크게 성이 나 사신을 보내어 질책하였다.

"대체 너는 어떤 자인데 내 딸을 잡아 두느냐!"

왕이 대답해서 보냈다.

"나는 천제의 아들인데, 지금 하백의 딸과 혼인하려 하노라."

하백이 또 사신을 시켜 전하였다.

"만일 그대가 천제의 아들로 나와 혼인하려 한다면 마땅히 중매를 했어야 했다. 그러지 않고 갑자기 내 딸을 잡아 두니, 어찌하여 이렇게 예의가 없는가?"

왕이 부끄럽게 생각하고 하백을 찾아가 보려고 하였으나 거기까지 가는 수가 없었다. 그래서 방에 들어가 유화를 놓아주려고 하니, 유화가 이미 왕과 정이 깊었는지라 곁을 떠나려고 하지 않았다. 그리고 왕에게 권하여 말하였다.

"오룡거가 있으면 하백의 나라에 갈 수 있습니다."

이 말을 듣고 왕이 하늘을 향하여 사정을 고하니 문득 오룡거가 하늘에서 내려왔다. 왕과 유화가 수레에 올라타니 갑자기 바람과 구름이 일면서 어느덧 하백의 궁성에 이르렀다. 하백이 예를 갖추어 해모수를 맞아들였고, 자리를 정한 뒤에 왕에게 말하였다.

"혼인에 관한 일은 천하에 도리가 있는 것인데 어찌하여 예의를 어겨 우리 가문을 욕보이느냐?"

그러고 나서 하백이 물었다.

"왕이 천제의 아들이라면 어떤 신기한 재주를 가지고 있느냐?"

해모수가 대답하였다.

"시험해 보면 알 것이로다."

그래서 하백이 궁 앞뜰에 있는 물속에 들어가 잉어로 변하여 물결을 따라 노닐었더니, 해모수는 수달이 되어 그를 잡았다. 이번에는 하백이 사슴으로 변하여 달렸더니, 해모수는 승냥이가 되어서 그를 쫓았다. 또 하백이 꿩으로 변해서 공중을 나니, 해모수는 매가 되어 그를 붙들었다.

하백이 그제야 해모수가 정말로 천제의 아들인 줄을 알고 예를 갖추어 혼인하게 하였다. 그리고 하백은 왕이 자기 딸에 대한 사랑이 식지나 않을까 근심하여 연회를 차리고 술을 준비한 뒤에 왕을 권하여 크게 취하도록 먹였다. 그러고는 딸과 함께 조그만 가죽 수레 속에 넣어서 오룡거에 태워 가지고 하늘로 올라가게 하였다.

그런데 수레가 아직 물속을 채 나오기 전에 해모수는 술이 깨었다. 왕은 유화의 황금 비녀를 빼서 자기가 들어 있는 가죽 수레를 찔러 구멍을 내고는 그 구멍으로 빠져나와 혼자 하늘로 올라가 버렸다. 하백은 크게 성이 나서 딸을 꾸짖었다.

"네가 내 가르침을 따르지 않아서 끝끝내 우리 집안을 욕보였구나!"

그러고는 신하들에게 시켜 유화의 입을 잡아당기게 하였다. 유화의 입술이 홀쩍 석 자나 늘어났다. 그런 다음 하백은 유화와 노비 두 사람을 함께 우발수에 내버렸다. 우발은 늪 이름인데 지금 태백산 남쪽에 있다.

이때 어부 강력부추가 금와왕에게 고하였다.

"요즘 통발 속에 든 고기를 훔쳐 가 버리곤 하는 놈이 있는데, 어떤 짐승인지 잘 알 수가 없었습니다."

금와왕은 어부에게 그물을 쳐서 그것을 끌어내도록 하였다. 그러나 그물이 찢어져 버렸다. 다시 쇠그물을 만들어 끌어내 비로소 한 여자를 얻었는데 돌 위에 앉아 있다가 나왔다. 그 여자는 입술이 길어서 말을 할 수 없었으니, 세 번이나 입술을 자르게 한 다음에야 말을 하게 되었다. 왕은 여자가 천제 아들의 왕비임을 알고 딴 방에 두어 살게 하였다.

―《구삼국사》

❖ 고구려를 세운 주몽의 부모 이야기이다. 《삼국사기》나 《삼국유사》에도 저마다 조금씩 이야기가 다르기는 하지만 기본 내용에는 큰 차이가 없다. 여기에는 《구삼국사》의 것

을 실었다. 《구삼국사》는 고려 초기에 쓰인 역사서로 추정되나 지금 전하고 있지는 않으

며, 이규보가 보고 지었다는 '동명왕편'이라는 한시에 그 기록이 남아 있다.

고주몽

유화는 품 안에 햇빛이 비쳐 들더니 아이를 가져 주몽을 낳았다. 주몽은 울음소리가 대단히 우렁차고 골격과 풍채가 뛰어나고 기이하였다. 태어날 때에 어머니의 왼쪽 겨드랑에서 알이 되어 나왔는데 크기가 닷 되들이*만 하였다. 금와왕이 괴이한 일로 생각하였다.

"사람이 새알을 낳는 것은 상서롭지 못한 일이다."

그리고 사람을 시켜서 마구간에 그 알을 버리게 하였으나, 말들이 밟지 않았다. 그래서 이번에는 깊은 산속에 가져다 버렸더니 온갖 짐승들이 모두 알을 보호하였고, 구름 긴 흐린 날에도 알 위에는 늘 햇빛이 비쳤다.

그제야 왕은 알을 가져다가 어머니에게 돌려보내 기르게 하였다.

마침내 알이 갈라져서 한 사내아이가 나왔다. 아이는 태어나서 한 달이 차기 전부터 벌써 말을 잘하였다. 아이가 어머니에게 말하였다.

"파리 떼들이 눈에 와 붙어 잘 수가 없사오니 어머님께서는 활과 화살

---

* 되들이는 곡식이나 물, 술 따위를 되에 담아그 분량을 세는 단위.

을 하나 만들어 주소서."

어머니가 갈대로 활과 화살을 만들어 주었더니, 아이가 저 혼자서 물레 위에 앉은 파리들을 쏘아 꼭꼭 맞혔다. 부여에서는 활 잘 쏘는 사람을 '주몽'이라고 하였다. 주몽은 자라면서 재주와 기량을 더욱 갖추었다.

금와왕에게는 일곱 아들이 있었는데, 언제나 주몽과 같이 사냥을 하며 놀았다. 하루는 왕자와 그를 따르는 사십여 명이 겨우 사슴 한 마리를 잡는 동안에 주몽은 사슴 여러 마리를 잡았다. 왕자는 주몽의 능력을 시기해서 주몽을 나무에 비끄러매어 놓고, 주몽이 잡은 사슴을 빼앗아 가지고 돌아왔다. 그랬더니 주몽은 나무를 뿌리째 뽑아 버리고 돌아왔다.

태자 대소가 왕에게 아뢰었다.

"주몽은 매우 용맹한 자로서 사람들이 대단히 우러러보니 일찍 처치하지 않으면 반드시 뒤탈이 있을 것이옵니다."

금와왕은 주몽에게 말을 먹이도록 하고 그의 마음을 시험해 보기로 하였다. 주몽은 속마음에 원한을 품고 어머니께 말하였다.

"제가 천제의 손자로 남의 말이나 먹이고 있으니 살아 있어도 오히려 죽는 것만 못합니다. 남쪽 땅으로 가서 나라를 세울 생각이 있사오나 어머님이 염려되어 제 뜻대로 하지 못하고 있습니다."

그 말을 듣고 어머니 유화가 눈물을 씻으며 말하였다.

"나도 이 일로 밤낮 마음을 썩이고 있다. 내 듣기에 멀리 가고자 하는 자는 반드시 준마(빠르게 잘 달리는 말)를 타야 한다고 하였으니, 내가 말을 골라 주마."

그러고는 목장으로 가서 긴 채찍으로 마구 내리치니 많은 말들이 모두 놀라서 달아나는데, 붉은 말 하나는 두 길이 넘는 울타리를 뛰어넘었다. 주몽은 그 말이 준마임을 알고 남몰래 바늘을 말의 혀 밑에 꽂아 두었다. 그랬더니 말은 혀가 아파 물도 풀도 먹지 못하여 몹시 파리해졌다.

이때 금와왕이 목장을 나와 돌아보다가 여러 말들이 모두 살찐 것을 보고 크게 기뻐하면서 그 파리한 말을 주몽에게 내주었다. 주몽은 말을 얻어 가지고 혀에 꽂은 바늘을 뺀 다음 잘 먹였다. 주몽은 이 무렵 몰래 어진 사람 셋과 벗을 맺고 있었는데 그 세 사람은 오이, 마리, 협보였다.

드디어 주몽은 남쪽 땅으로 떠나 엄체수(지금의 압록강)라는 곳에 이르렀다. 강을 건너려고 하였으나 배가 없었다. 그는 뒤쫓는 군사들이 곧 따라올까 봐 근심하였다. 주몽은 채찍으로 하늘을 가리키고 크게 한숨지으며 빌었다.

"나는 천제의 손자요, 하백의 외손이라. 지금 난을 피하여 여기에 이르렀나니 하늘과 땅은 그대의 자손을 불쌍히 여겨 속히 배다리를 놓아 주소서."

그리고 활로 물을 치니 어느덧 물고기와 자라들이 물 위에 떠올라서 다리를 이루었다. 마침내 주몽은 강을 건너갈 수가 있었다. 얼마 안 있어 뒤쫓아 오던 병사들이 왔으나, 그들이 강가에 이르자 물고기와 자라들이 놓은 다리가 곧 흩어졌다. 그래서 이미 다리 위에 올라섰던 자들은 몽땅 물에 빠져 죽었다.

주몽이 부여를 떠나올 때에 어머니와 이별하는 것을 차마 견디기 어려워하였다. 이때 어머니가 말하였다.

"이 어미 때문에 마음을 쓰지 말아라."

그리고 다섯 가지 중요한 곡식 씨앗을 싸서 주며 그를 보냈다. 주몽은
생이별을 하는 마음이 괴로워 그만 보리 씨앗을 잊고 떠났다. 주몽이 강
을 건너 큰 나무 밑에서 쉬고 있을 때 비둘기 한 쌍이 날아왔다. 그는 비
둘기들을 보고 말하였다.

"저것은 바로 어머님이 보리 씨를 보내온 것이리라."

그리고서 활을 당겨 비둘기를 쏘니 한 화살에 두 놈이 떨어졌다. 부리
를 젖히고 보리 씨를 꺼낸 뒤에 물을 비둘기 몸에 뿌려 주었다. 그랬더
니 새들은 다시 살아나서 하늘로 날아가 버렸다.

그 뒤 주몽은 좋은 땅을 찾아 도읍을 정하였는데, 산천이 울창하고 험
준하였다. 주몽이 스스로 왕위에 올라 자리 차례를 표시하니 임금과 신
하의 자리가 대략 정해졌다.

이때 비류국* 송양왕이 사냥을 나왔는데 주몽의 용모가 비상한 것을
보고 그와 같이 앉아 말하였다.

"내가 바닷가 구석에 외따로 살기 때문에 한 번도 훌륭한 사람을 만나
보지 못하였더니, 이제 그대를 만나니 얼마나 다행하지 않겠는가. 그
대는 어떤 사람이며 어데서 왔느냐?"

* 비류국은 당시 비류수 부근에 있던 나라다. 비류수는 지금 중국 동북의 혼강이란 설이 있다.

왕이 대답하였다.

"나는 천제의 손자요, 서쪽 나라 고구려의 왕이로다. 감히 묻거니 그대는 누구의 뒤를 이었는가?"

송양왕이 대답하였다.

"나는 신선의 후예인데 우리는 여러 대째 왕 노릇을 해 왔다. 이 지방은 땅이 작아서 두 왕이 땅을 나눌 수 없고 또 그대는 나라를 세운 지도 얼마 되지 않았으니 나를 섬기는 것이 어떠한가?"

이 말에 주몽이 대답하였다.

"나는 천제의 후예인데 그대는 신의 자손도 아니면서 굳이 왕을 칭하고 있구나. 나를 따르지 않는다면 반드시 하늘이 벌을 줄 것이다."

이때 주몽이 자꾸 천제의 아들이라 일컫는 말에 송양왕은 속으로 의심을 품고, 그의 재주를 시험해 보려고 말하였다.

"나와 더불어 활쏘기를 겨루어 보자."

송양왕이 먼저 백 보 안에 그려 놓은 사슴 그림을 쏘았다. 그러나 화살은 사슴의 배꼽 깊이 들어가지 못하고 거꾸로 매달리고 말았다. 이때 주몽은 사람을 시켜 옥가락지를 백 보 밖에 걸어 놓게 하고 활을 쏘았다. 옥가락지가 활에 맞아서 산산이 부서지니 그제서야 송양왕이 크게 놀랐다.

주몽이 신하들에게 말하였다.

"나라 살림이 처음 시작되므로 아직 북과 나팔이 없고, 나라의 의식도 갖추지 못하고 있다. 비류국 신하가 오고 갈 때 내가 왕으로 예의를 갖추어 맞이하고 보내지 못하였기 때문에 그들이 나를 업신여긴다."

부분노라는 신하가 왕에게 아뢰었다.

"내가 대왕을 위하여 비류국의 북을 빼앗아 오겠나이다."

주몽이 물었다.

"남의 나라가 간직한 물건을 네가 어떻게 가져오겠느냐?"

부분노가 대답하였다.

"이는 하늘이 준 물건인데 어찌 빼앗어 오지 못하겠습니까? 대왕이 부여국에서 곤란한 지경에 계실 때에 그 누가 대왕이 여기에 오시리라고 생각했겠습니까? 대왕이 위험천만한 지경에서 있는 힘을 다하여 노력하시어 해동국에 이름을 떨친 것은 오직 천제의 명으로 된 것입니다. 그러니 이제 무슨 일인들 이루지 못하시겠습니까?"

그리하여 부분노 등 세 사람이 비류국으로 가서 북을 빼앗아 가지고 왔다. 송양왕이 사신을 보내어 말하니 주몽은 그가 와서 북과 나팔을 볼까 봐 두려워하여 색깔을 검게 해 아주 오래된 것처럼 만들었다. 그랬더니 송양왕이 와 보고 감히 다투지 못하고 돌아갔다.

송양왕이 나라를 누가 먼저 세웠는지 가려 속국을 결정하자고 하므로 주몽은 궁실을 지을 때에 썩은 나무로 기둥을 세웠다. 그리하니 마치 천 년이나 된 듯이 보였다. 송양왕이 와서 보고 감히 나라를 세운 선후를 다투지 못하였다.

주몽이 서쪽으로 사냥을 갔을 때 흰 사슴을 붙잡았다. 그가 사슴을 해원(당시 고구려의 서쪽 지방인 듯)에 거꾸로 매달고 주문을 외웠다.

"하늘에서 큰비가 쏟아져 송양왕의 도성을 모조리 잠기게 하지 않으면 결코 너를 놓아주지 않으리라. 재난을 면하려거든 네가 하늘에 호소해라."

사슴이 슬피 울어 그 소리가 하늘까지 울렸더니 장맛비가 이레 동안 쏟아져, 송양의 도성이 몽땅 물에 잠겼다. 송양왕이 흐르는 물을 건너질러 새끼줄을 늘이고 오리말(헤엄 잘 치는 말)을 타고 나오니 백성들도 모두 그 줄을 쥐고 매달렸다. 주몽이 그때 채찍으로 물을 그으니 물이 순식간에 줄어들었다.

유월에 송양왕이 나라를 바치고 항복하였다.

칠월에 검은 구름이 골령산에서 일어 사람은 보이지 않고 다만 수천 명 되는 사람 소리만 들리는데, 큰 역사를 시작한 듯하였다. 이에 주몽이 말하였다.

"하늘이 나를 위하여 성을 쌓는다."

이레 만에 구름과 안개가 흩어지더니 성곽과 궁전이 저절로 솟아올랐다. 왕이 하늘을 향하여 절하고 그곳에 들어가 살았다.

구월에 왕이 하늘로 올라간 뒤로 다시 내려오지 아니하니 그때 왕의 나이는 마흔 살이었다. 태자 유리는 왕이 남기고 간 옥 채찍을 용산에 장사 지냈다.

— 《구삼국사》

26

❖ 고주몽 설화는 고구려 백성들 속에서 이미 국가가 형성되기 훨씬 오래 전에 만들어져 꽤 오랫동안 구전되어 오면서 발전하고 풍부해진 이야기다. 꽤 이른 시기에 문헌들에 실려 후세에 전하게 되었는데, 우리나라 것으로는 414년에 세워진 광개토왕릉비문 첫머리에 새겨진 것이 가장 오랜 것이다.

고주몽 설화에는 환상적이고 비현실적인 요소가 대단히 많다. 그러나 이와 같은 형태로 현실을 반영한 것이며 그 속에 옛사람들의 세계관과 사상이 들어 있다. 또한 옛사람들의 문학적 상상력도 엿볼 수 있다.

유리왕

유리는 소년 때부터 재주가 뛰어났다. 어려서 새총을 잘 쏘았는데, 하루는 참새를 잡는다고 새총을 쏘다가 한 여자가 이고 가는 물동이를 쏘아 꿰뚫었다. 여자가 성이 나서 욕지거리를 하였다.

"아비 없는 놈의 자식이 내 물동이를 깨뜨렸다."

유리가 매우 부끄럽게 여겨 작은 진흙 덩어리로 다시 쏘니 뚫렸던 동이 구멍이 먼저대로 메워졌다.

유리가 집에 돌아와 어머니께 여쭈었다.

"제 아버지는 누구신가요?"

어머니는 유리가 아직 어리므로 농담으로 말하였다.

"너는 아버지가 없다."

유리가 그 말을 듣고 울면서 말하였다.

"사람에게 아버지가 없으면 앞으로 무슨 낯으로 남들을 대하겠습니까?"

그리고 죽으려고 하였다.

그때야 어머니가 크게 놀라서 아들을 말리며 말했다.

"아까 한 이야기는 우스갯소리였다. 네 아버지는 천제의 손자요, 하백의 외손이다. 그런데 부여국의 신하로 사는 것을 원통하게 생각하여 남쪽 땅으로 피해 가서 거기서 처음으로 나라를 세웠다. 네가 가서 찾아뵙겠느냐?"

유리가 대답하였다.

"아버지가 임금이 되셨는데 아들은 남의 신하로 있으니, 비록 제가 재주는 없으나 어찌 부끄럽지 않겠습니까?"

이때 어머니는 아들에게 아버지가 남긴 말을 해 주었다.

"네 아버지가 여기를 떠날 때에 하신 말씀이 있다. '내가 어떤 물건을 소나무 사이에 감추어 두었다. 그 소나무는 일곱 고개와 일곱 골짜기를 지고 있는 돌 위에 있다. 이를 찾아내는 자가 바로 내 아들일 것이다'라고 하였느니라."

그 뒤로 유리는 산골짜기로 다니면서 그 물건을 찾았으나 얻지 못하고 지쳐서 돌아왔다. 이때 유리가 갑자기 자기 집 기둥에서 슬피 우는 소리를 들었다. 그 기둥은 돌 위에 세워진 소나무 기둥이었는데 일곱 모가 난 것이었다. 유리는 이때 혼자 해석하였다.

'일곱 고개와 일곱 골짜기라고 한 것은 일곱 모난 주춧돌을 말한 것이요, 돌 위의 소나무란 저 기둥을 말한 것이었구나.'

유리가 일어나 가서 보니 기둥 위에 구멍이 있었고, 거기에서 부러진 칼 한 동강이가 나왔다. 그는 대단히 기뻐하였다.

유리는 고구려로 달려가 그가 얻은 칼 한 동강을 주몽에게 바쳤다. 왕이 자기가 가지고 있던 부러진 칼 한 동강을 꺼내 그것과 붙이니 피가 흘러나와 하나로 이어졌다. 왕이 유리에게 말하였다.

"네가 정말 내 아들이라면 무슨 신기한 재주를 가지고 있느냐?"

이 말에 응답하여 유리가 몸을 날려 하늘로 솟구쳐 올라 창에 달라붙어 햇빛을 가렸다. 왕이 신이한 능력을 보고 크게 기뻐하면서 유리를 태자로 삼았다.

—《구삼국사》

❖ 유리왕(고구려 2대 임금) 설화는 《삼국유사》에는 보이지 않고, 《삼국사기》에는 실려 있다. 하지만 《구삼국사》의 이야기에 견주면 많이 간략하여 내용이 풍부하지 못하다. 수수께끼 풀이 과정에서 보여 준 유리의 지혜와 혈통을 증명하는 부러진 칼이라는 소재는 한 인물의 성장 과정을 보여 준다.

비류와 온조

백제 시조 온조왕의 아버지는 추모인데 주몽이라고도 한다. 주몽이 북부여에서 난을 피하여 졸본 부여에 이르렀는데, 부여 왕은 아들이 없고 딸만 셋이 있었다. 부여 왕은 주몽을 보고서 그가 보통 사람이 아님을 알고는 둘째 딸을 아내로 삼게 하였다.

그 뒤 얼마 되지 않아서 부여 왕이 죽고 주몽이 왕의 자리를 이었다. 주몽은 두 아들을 낳았는데 맏아들은 비류요, 둘째 아들은 온조다. 또는 주몽이 졸본에 이르러 월군 여자에게 장가를 들어 두 아들을 낳았다고도 한다.

주몽이 북부여에 있을 때 낳은 아들 유리가 와서 태자가 되자, 비류와 온조는 태자에게 받아들여지지 않을까 두려워하였다. 마침내 오간, 마려 등 신하 열 명을 데리고 남쪽 지방으로 떠났다. 백성들 가운데 그들을 따르는 자가 많았다.

드디어 한산(지금의 경기 광주)에 이르러 부아악(지금의 남한산 추정)에 올라가 살 만한 곳을 살피다가 비류가 바닷가에서 살자고 하니 열 신하가 간하여 말했다.

"생각하건대 이 강물 남쪽 땅은 북으로 한수가 흐르고, 동으로는 높은 산악이 있습니다. 또 남으로 비옥한 들판이 바라보이고, 서로 큰 바다가 막혔습니다. 천연 요새인 이 땅이야말로 다시 얻기 어려운 것이니 여기에 도읍을 정하는 것이 좋지 않겠습니까?"

그러나 비류는 그 말을 듣지 않고 따라온 백성들을 나누어 미추홀(지금의 인천)로 가서 살았다. 온조는 하남 위례성에 도읍을 정하였고, 열 신하로 하여금 보좌하게 하고 나라 이름을 '십제'라 하였다. 비류는 미추홀이 땅이 습하고 물이 짜서 편하게 살 수가 없다 하여 위례로 돌아왔다. 비류는 이곳 도읍이 안정되고 백성들이 태평한 것을 보고 부끄러워하며 후회하다가 죽었으며, 그의 신하와 백성은 모두 위례로 돌아왔다.

그 뒤에 처음 위례로 온 백성들이 즐거이 따랐다 하여 국호를 '백제'로 고쳤다. 그의 조상이 고구려와 더불어 부여에서 나왔기 때문에 '부여'를 성으로 삼았다.

다른 이야기에는 다음과 같이 이르고 있다.

비류왕은 아버지가 우태인데 북부여왕 해부루의 서손(서자의 아들)이요, 어머니는 소서노인데 졸본 사람 연타발의 딸이다. 처음에 소서노가 우태에게 시집을 가서 아들 둘을 낳았는데 맏아들은 비류요, 둘째는 온조였다. 우태가 죽은 뒤에 소서노는 졸본에서 홀로 살았다. 그 뒤 주몽이 부여에서 받아들여지지 못하여 남쪽 지방으로 도망하여 졸본에 이르러 도읍을 정하고 국호를 '고구려'라 하였다. 주몽과 소서노는 혼인을 하고 나라의 기초를 개척하였다. 주몽은 소서노가 왕업을 창시하는 데 많이 도왔으므로 그를 특별히 후하게 대하였고 비류 등을 자기 자식처럼 여겼다.

주몽이 부여에서 낳은 예 씨의 아들 유류가 찾아오자, 그를 태자로 삼아 왕위를 잇게 하였다.

이때 비류가 아우 온조에게 말하였다.

"처음 대왕이 부여에서 난을 피하여 이곳으로 도망하여 왔을 때에 우리 어머니가 가산을 털어서 나라의 위업을 이루도록 도왔다. 나라를 세움에 어머니의 힘과 공로가 컸으나, 대왕이 세상을 버리게 된 뒤 나라가 유류에게 귀속되었다. 우리가 여기에서 공연히 군더더기 살처럼 침울하게 지내기보다는 차라리 어머님을 모시고 남쪽 지방으로 가서 땅을 선택하여 따로 나라를 세우는 것이 어떠하냐?"

그리고 마침내 아우와 함께 무리를 데리고 패수와 대수를 건너 미추홀에 와서 살았다.

또 중국 역사책 《북사》와 《수서》에는 모두 다음과 같이 이르고 있다.

"동명의 자손에 구태라는 사람이 있었는데 매우 어질고 진실하였다. 그가 처음으로 대방 옛 땅에 나라를 세우니, 한나라 요동 태수 공손도가 자기 딸을 그의 아내로 삼게 하였다. 그 뒤에 동이에서 강국이 되었다."

이 이야기들 가운데 어느 것이 옳은지 알 수 없다.

—《삼국사기》

❖ 비류와 온조 설화는 소서노의 아들들이 고구려를 떠나 한강 유역에서 백제를 세우는 이야기이다. 유리왕 이야기와 견주어 본다면 나라의 기초를 세우는 과정에서 왕위 다툼에서 패한 비류와 온조가 남쪽으로 내려온 것으로 생각해 볼 수 있다.

고구려에서 내려온 사람들이 한강 유역의 백제를 세웠다는 것은 고고학적으로 증명되고 있다고 한다. 하지만 '하남 위례성'에 대해서는 백제 초기 유물과 유적이 부족하여 그 위치를 명확하게 지정하기가 어렵다. 《삼국유사》에서는 지금의 충남 직산이라고 하였지만, 역사 기록에 따라 몽촌토성설, 풍납토성설 등이 다양하게 제시되고 있다.

혁거세와 알영

삼월 초하룻날에 여섯 부*의 조상들이 저마다 자제들을 데리고 모두 알천 기슭에 모여서 의논했다.

"우리가 위로 군주가 없이 백성들을 다스리고 있으므로 백성들이 모두 제 맘대로 하고 있다. 어찌 덕 있는 사람들을 찾아서 임금으로 삼고 나라를 세우며 도읍을 세우지 않을 것이랴!"

이에 높은 곳에 올라가서 남쪽을 바라보니 양산 밑 나정 우물 곁에 이상스러운 기운이 마치 번개처럼 땅에 드리우고 있었다. 또 거기에 흰말 한 마리가 꿇어앉아 절하는 시늉을 하고 있었다.

그곳을 찾아가 보니 보랏빛 알 한 개가 있었다. 흰말은 사람을 보자 울음소리를 길게 뽑으면서 하늘로 올라가 버렸다. 그 알을 깨어 보니 모습이 단정하고 아름다운 사내아이 하나가 나왔다.

놀랍고도 이상하여 아이를 사뇌벌 북쪽에 있는 동천사에 데려가 목욕을 시켰다. 그러자 몸에서 광채가 나고, 새와 짐승들이 따라 춤추며 천

---

* 옛날 진한 땅에 있는 여섯 마을로 지금의 경주 일대에 흩어져 있다. 곧 알천 양산촌, 돌산 고허촌, 취산 진지촌, 무산 대수촌, 금산 가리촌, 명활산 고야촌을 가리킨다.

지가 진동하고 해와 달이 밝게 빛났다. 그래서 그의 이름을 '혁거세왕'이라 하고 왕위의 칭호는 '거슬한'이라 했다. '거서간'이라고도 하였는데, 그가 처음 입을 열 때에 스스로 이르기를 '알지 거서간'이라 하고 일어났기 때문이다. 거서간이 이로부터 임금의 존칭이 되었다. 그때 사람들이 서로 다투어 치하했다.

"이제 하늘의 아들이 내려왔으니 마땅히 덕 있는 여인을 찾아 배필로 삼아야 할 것입니다."

이날 사량리에 있는 아리영 우물이라고도 하는 알영정에서 계룡이 나타나서 왼쪽 겨드랑에서 계집아이 하나를 낳았다. 그 아이의 용모가 매우 아름다웠다. 일설에는 용이 나타나 죽었는데 배를 가르니 계집아이가 나왔다고도 한다. 아이의 입술이 마치 닭 부리와 비슷하여 월성 북쪽 냇물에 가서 목욕을 시켰더니 부리가 퉁겨져 떨어졌다. 이 때문에 그 개울 이름을 '발천'이라고 하였다.

남산 서쪽 기슭에 궁실을 짓고, 두 신성한 아이를 받들어 길렀다. 사내아이는 알에서 나왔는데 그 알은 '박'과 같이 생겼다. 나라 사람들이 바가지를 '박'이라 하므로 그의 성을 '박朴'이라고 하였다. 계집아이는 그가 난 우물 이름인 '알영'으로 이름을 지었다. 성스러운 두 사람이 나이 열세 살이 되던 해에, 남자는 왕이 되고 이어 여자를 왕후로 삼았다.

나라 이름을 '서라벌' 또는 '서벌'이라 하고, '사라' 또는 '사로'라고도 하

---

* 혁거세왕은 세상을 빛내는 왕이라는 뜻인데, 우리말인 듯하다. '혁거세', '불거내', '광명리세' 모두 뜻은 밝게 세상을 다스린다는 뜻이다.

였다.*

처음에 왕이 계정에서 났으므로 '계림국'이라고도 하였는데, 계룡이 상서로움을 뜻하기 때문이다. 다른 이야기에는 탈해왕 때에 김알지를 얻을 당시에 닭이 숲속에서 울었으므로 나라 이름을 고쳐서 '계림'이라 하였다고도 한다.

후세에 이르러 '신라'라는 국호를 정하였다.

—《삼국유사》

❖ 혁거세와 알영의 탄생과 혼인, 그리고 신라 건국 이야기이다. 이 설화를 혁거세 설화가 주를 이루면서 알영 설화가 결합된 형태로 보기도 한다. 하늘에서 내려온 혁거세를 이주한 유이민으로, 우물에서 계룡의 몸을 빌어 태어난 알영을 토착민으로 본다면, 이 이야기를 천신족과 지신족의 결합을 상징하는 것으로도 이해할 수 있다.

또한 이 설화는 주몽 설화와 함께 우리나라 대표 난생설화로 뒤에 이어지는 석탈해, 김알지, 수로왕 설화로 이어진다. 알로 한 번 태어나고, 알을 깨고 또 한 번 태어나는 재생과 부활의 상징을 중심으로 한 난생설화는 자연 내지 우주의 근원성과 연결된다. 이전과는 다른 새로운 존재 또는 시조로서의 의미를 강하게 드러내는 것이다.

* 지금 우리말 '서울'이 여기에서 왔다.

석탈해

탈해왕은 토해이사금이라고도 하였다.

남해왕 때 가락국 바다 가운데에 어떤 배가 와서 닿았다. 그 나라의 수로왕이 신하와 백성들과 함께 북을 울리면서 맞아들여 머물게 하려 하였다. 그랬더니 배가 곧 나는 듯이 달아나 계림 동쪽 하서지촌 아진포에 이르렀다.

이때에 포구 가에 한 노파가 살았는데 이름을 '아진의선'이라 하였으니, 바로 혁거세왕 배를 모는 뱃사람의 어머니였다. 그가 바다 쪽을 바라보면서 말하였다.

"이 바다 가운데는 본디 바위가 없는데 무슨 일로 까치가 모여들어 우는 것인가?"

배를 저어 가서 살펴보니 웬 배 한 척 위에 까치들이 몰려 있었다. 그리고 배 안에는 궤짝 하나가 놓여 있는데, 길이가 20척이요, 너비가 13척이었다. 그 배를 끌어다가 나무숲 밑에 놓아두고 그것이 언짢은 일인지 좋은 일인지를 알지 못하므로 하늘에 맹세를 한 다음 궤짝을 열어 보았다. 궤짝 안에는 용모가 단정한 사내아이가 있었고, 가지가지 보물과 노비들이 가득 들어 있었다. 이레 동안 음식을 먹였더니 그제야 말했다.

"나는 본디 용성국* 사람입니다. 우리나라에 일찍이 스물여덟 분의 용왕이 있었는데 모두 사람의 태에서 태어났습니다. 대여섯 살부터 왕위를 이어 만백성을 가르치며 그들이 덕을 닦게 하였습니다. 그리고 여덟 품의 성골이 있으나 차별을 두지 않고 모두가 임금 자리에 올랐습니다.

이때 우리 부왕 함달파가 적녀국* 왕녀를 맞아서 왕비로 삼았더니 오래도록 아들이 없었습니다. 그러다가 자식 보기를 칠 년 동안 빌고 빌어서 큰 알을 하나 낳았습니다. 이때 대왕께서 여러 신하에게 말하기를, '사람이 알을 낳는 것은 예나 지금이나 없는 일이기 때문에 이것은 좋은 일이 아닐 것이다'라고 하였습니다. 그리고는 궤짝을 짜서 나를 그 안에 넣고 가지각색 보물과 노비들을 배 안에 싣고 바다에 띄우면서 이렇게 빌었습니다. '인연이 있는 땅에 닿아 나라를 세우고 가문을 이루어라.' 그러자 갑자기 붉은 용이 나타나 배를 호위하여 여기까지 이르렀습니다."

말을 마치고 사내아이는 지팡이를 쥐고 종 둘을 데리고 토함산 위에 올라갔다. 돌로 굴집을 만들어 짓고 이레 동안 묵으면서 성안에 살 만

---

* 용성국은 정명국 또는 완하국, 화하국이라고도 한다. 왜에서 동북쪽으로 천 리 떨어진 곳에 있다고 전하나 현재 어디인지는 분명하지 않다.
* 적녀국은 옥저 바다 가운데 있는 '여인국'을 가리키는 것으로 보인다.

한 곳을 살펴보았다. 한 봉우리가 마치 초승달 모양으로 생긴 곳이 있었는데 지세가 오래 살 만한 곳이었다. 그리하여 산을 내려와 찾아가 보니 바로 호공의 집이었다. 이에 탈해가 꾀를 내어 몰래 집 옆에 숫돌과 숯을 파묻어 두고서는 다음 날 이른 아침에 그 집에 가서 말하였다.

"여기는 할아버지 때부터 우리 집이오."

호공은 그렇지 않다고 하여 서로 옳고 그름을 따지다가 결판을 못내고 끝내 관가에 고발하였다. 관리가 물었다.

"무엇으로 너희 집인 것을 증명하겠느냐?"

탈해가 대답했다.

"우리 집은 본디 대장장이인데 잠시 이웃 고을에 간 동안 다른 사람이 빼앗아 살고 있으니 청컨대 땅을 파서 보시고 밝혀 주소서."

그 말대로 땅을 파 보니 과연 숫돌과 숯이 나오는지라, 그가 집을 빼앗아 살게 되었다.

남해왕이 탈해가 지혜로운 사람임을 알고 맏공주를 아내로 삼게 하니, 바로 아니 부인이다.

하루는 탈해가 동악(지금의 경주 토함산 근처)에 올라갔다가 돌아오는 길에 심부름하는 자를 시켜 물을 구하여 마시려고 하였다. 그런데 심부름하는 자가 물을 길어 오던 길에 먼저 마시고 주려 하니 물그릇에 입이 들러붙어 떨어지지 않았다. 그래서 나무랐더니 심부름하던 자가 맹세하였다.

"앞으로는 가깝고 멀고 간에 감히 먼저 마시지 않겠습니다."

그제야 그릇이 떨어졌다. 이때부터는 심부름하는 자가 감히 탈해를 속이지 못하였다. 지금도 동악 가운데 우물 하나가 있어 '요내 우물'이라 하니, 바로 이것이다.

노례왕이 죽자 탈해가 왕이 되었다.

"이것이 옛날 우리 집이오."

이런 말로 남의 집을 빼앗았다 하여 성을 '옛 석昔'자로 하였다. 또는 까치 때문에 궤짝을 열게 되었으므로 '까치 작鵲'자에서 '새 조鳥'자를 떼어 버리고 성을 '석'씨로 하였다고도 한다. 궤짝을 풀고[解], 알을 벗고[脫] 나왔으므로 이름을 '탈해'라 하였다고도 한다.

—《삼국유사》

❖ 석탈해(신라 4대 임금) 설화는 《수이전》을 비롯해서 《삼국사기》, 《삼국유사》 등 여러 문헌에 실려 있다. 여기에는 《삼국유사》에 실린 것을 우리말로 옮겼다. 그 이야기들을 보면 내용이 대체로 같으나 《수이전》에서는 주로 탈해가 신라에 온 뒤의 이야기가 중심이고, 《삼국유사》에서는 탈해가 용성국에서 출생한 유래까지 아울러 자세히 서술하고 있는 것이 특징이다. 《삼국사기》에서는 이 두 부분을 다 같이 압축하여 간략하게 서술하였다.

석탈해와 마찬가지로 호공도 바다를 떠돌다가 신라에 자리를 잡았다고 하는데, 옛사람들이 다른 나라에 대한 지식을 가지고 있었고 교류했다는 것을 알 수 있다.

김알지의 출생

호공이 밤에 월성 서쪽 마을을 지나가다가 시림(성스러운 숲) 속에서 환하게 밝은 빛이 나는 것을 보았다. 보랏빛 구름이 하늘에서 땅까지 드리우고 구름 속에는 황금빛 궤짝이 나뭇가지에 걸려 있었다. 궤짝에서는 빛을 뿜고 있었고 나무 밑에서는 흰 닭이 울고 있었기에 호공이 그 사연을 왕에게 아뢰었다. 왕이 숲에 나와 궤짝을 열어 보니, 그 속에는 사내아이가 누워 있다가 일어났다.

마치 혁거세의 옛일과 같았으므로 그 말에 따라 '알지'라고 이름을 지었다. '알지'란 우리말로 어린아이를 부르는 말이다. 그를 안고 대궐로 돌아오는데, 새와 짐승들이 뒤를 따르면서 기뻐서 뛰며 너울너울 춤을 추었다.

왕이 좋은 날을 택해 알지를 태자로 책봉하였으나, 뒤에 파사이사금(신라 5대 임금)에게 사양하고 왕위에 오르지 않았다.

그가 금 궤짝에서 나왔다 하여 성을 '김'씨라 하였다.

신라의 김씨는 알지에서 시작하였다.

—《삼국유사》

❖ 김알지의 출생을 다룬 이야기는 앞에서 본 석탈해 설화와 마찬가지로 모두 다 성씨의 발생 기원과 유래를 설명하는 설화들이다. 이러한 설화들이 백성들 속에 만들어지기 시작한 것은 시초가 꽤 오래되었다.

앞에서 본 건국 설화들도 발생 기원 당시에는 알지 전설이나 마찬가지 성격의 설화들이었다. 이것들은 모두 옛사람들이 선조들을 신비롭게 여기고 높게 받들려 했던 마음에서 나온 이야기들이다.

건국 설화들은 다만 계급국가 형성 시기 이후에 국가 통치자들에 의해서 내용이 국가 창건 시조로 바뀌면서 더욱 신성화되었을 뿐이다.

가락국 이야기 1

천지개벽 뒤로 이 땅에 아직 나라 이름이 없었고 임금이나 신하라는 칭호도 없었다. 여기는 아도간, 여도간, 피도간, 오도간, 유수간, 유천간, 신천간, 오천간, 신귀간 등 아홉 우두머리들이 있었다. 이들이 추장이 되어 백성들을 이끌었으며, 모두 만여 호에 칠만 오천 명이 살았다. 대부분 산과 들에 모여 살면서 우물을 파서 마시고 밭을 갈아 먹었다.

바로 삼월 계욕일(액막이 제삿날)에 이곳 북쪽 구지에서 수상한 소리가 부르는 기척이 있었다. 구지는 산봉우리 이름인데, 거북 여러 마리가 엎드린 모습과 같았다. 그래서 이삼백 명 되는 무리가 그곳에 모였더니 사람 목소리가 나는데, 모습을 감추고 소리만 내어 말하였다.

"여기 누가 있느냐?"

아홉 우두머리들이 대답하였다.

"우리들이 있습니다."

목소리가 또 물었다.

"내가 있는 곳이 어디일꼬?"

사람들이 대답해 말하였다.

44

"구지입니다."

또 말하였다.

"하늘이 나에게 이르기를, 이곳에 가서 나라를 새롭게 하여 임금이 되라 하여 내려왔도다. 너희들은 모름지기 봉우리 꼭대기에서 흙을 파면서 노래하여라.

거북아! 거북아!
머리를 내어라.
내놓지 않으면
구워 먹겠다.

이러면서 뛰놀고 춤추어라. 그러면 대왕을 마중하여 기뻐서 뛰노는 행사가 될 것이다."

아홉 우두머리들이 목소리의 말대로 모두 즐겨 노래를 부르고 춤을 추었다. 얼마 지나지 않아 하늘을 우러러 쳐다보니 자줏빛 줄이 하늘에서 드리워 땅에 닿았다. 그 줄 끝을 찾아보니 붉은 보자기에 싼 금빛 상자가 있었다. 열어 보니 해같이 둥근 황금 알 여섯 개가 있었기에, 여러 사람들이 모두 놀랍고 기뻐서 함께 수없이 절을 하였다. 조금 뒤에 알을 싸 가지고 아도간의 집으로 돌아와 탁자 위에 두고는 무리들은 저마다 흩어졌다.

그 뒤 하루 지난 아침에 여러 사람들이 다시 모여 상자를 열었더니 여섯 알이 변해서 사내아이들이 되었는데 얼굴이 매우 잘났다. 이에 아이들을 자리에 앉히고 여럿이 절하여 축하하고 극진히 공경하였다. 그들은 나날이 자라 열흘쯤 지나니 키가 아홉 척이나 되었다.

그 가운데 한 아이가 그달 보름날에 왕위에 올랐다. 세상에 맨 먼저 나타났다고 하여 이름을 '수로'라 하였다. 또는 '수릉(죽은 뒤의 시호)'이라 하며, 나라 이름을 '대가락' 또는 '가야국'이라 일컬었으니, 곧 여섯 가야의 하나이다. 나머지 다섯 사람은 저마다 돌아가 다섯 가야의 임금이 되니 동쪽은 황산강, 서남쪽은 창해, 서북쪽은 지리산, 동북쪽은 가야산이며 남쪽은 나라의 끝이었다.

―《삼국유사》

❖ 가야의 수로왕이 태어나 왕위에 오른 이야기이다. 《삼국유사》의 작가 일연이 고려의 《가락국기》 가운데 풍부한 부분을 정리한 것을 바탕으로 여기에는 네 편의 이야기로 재구성하여 싣고 있다. 수로왕이 태어난 이야기, 수로왕이 탈해왕과 왕위를 두고 다툰 이야기, 허황옥이 아유타국에서 가락국으로 와서 왕후가 되는 이야기, 수로왕과 왕후의 죽음에 대한 이야기를 수록하였다.

백성들이 수로왕을 맞이하는 부분에서 고대 원시사회에서 추장을 뽑던 의식을 볼 수 있다. 나중에 이 이야기가 신격화되고 설화 형태가 가미된 것으로 보인다. 또한 이야기 속에 나오는 '구지가(영신가)'는 우리나라 원시 고대 가요를 연구하는 데 매우 귀중한 가치를 가지고 있다.

가락국 이야기 2

완하국 함달왕의 부인이 아이를 배어 달이 차서 알을 낳았는데, 그 알이 변하여 사람이 되었으므로 이름을 '탈해'라고 했다. 그는 바다를 건너 가락국으로 왔는데 키가 석 자요, 머리 둘레가 한 자였다. 탈해가 대궐로 찾아와서 수로왕에게 말하였다.

"내가 왕의 자리를 빼앗고자 일부러 왔소."

수로왕이 대답하였다.

"하늘이 나에게 왕이 되어 장차 나라를 안정시키며 백성들을 편안하게 하라고 명하였다. 감히 하늘의 명령을 저버리고 왕위를 내놓을 수 없으며, 우리나라와 백성들을 너에게 맡길 수도 없다."

탈해가 말하였다.

"그렇다면 술법으로 겨루어 보겠소?"

수로왕이 좋다고 하였다.

이러고서 잠시 동안에 탈해가 변하여 매가 되니, 수로왕은 변해서 독수리가 되었다. 다시 탈해가 변하여 참새가 되니, 수로왕은 변해서 새매가 되었다. 이렇게 변하는 것이 잠깐 사이의 일이었다. 탈해가 원래 몸으로 돌아오니, 수로왕도 역시 원래대로 돌아왔다. 탈해가 그제야 항복하면서 말하였다.

"술법으로 다투는 마당에서 매에게는 독수리로, 참새에게는 새매로 되셨지만 내가 죽기를 면하였습니다. 이야말로 성인은 살상을 싫어하는 어진 덕을 가지고 있기 때문입니다. 내가 왕을 상대하여 임금 자리를 다투기는 진실로 안 될 일이라고 생각합니다."

그러고 선뜻 작별하고 떠나서 교외에 있는 나루터에 이르러 장차 중국을 오가는 수로로 가려 하였다.

수로왕은 그가 머물러 있으면서 난리를 꾸밀까 은근히 염려하여 급히 수군 오백 척을 발동시켜 그를 뒤쫓았다. 그랬더니 탈해가 계림 땅으로 달아나 들어갔으므로 수군들이 모두 돌아왔다.

그런데 이 기사는 신라의 이야기와는 많이 다르다.

—《삼국유사》

❖ 수로왕이 왕위에 오른 뒤, 새로 등장한 탈해가 왕권을 빼앗으려고 하자, 그를 물리쳤다는 이야기이다. 신라의 이야기와는 많이 다르다는 것은 아마 《삼국유사》 '석탈해'에 실린 이야기를 염두에 둔 것 같다. 그 글을 보면 탈해는 수로왕의 왕궁에 들어간 적이 없고 더더구나 술법을 겨룬 것은 전혀 나오지 않는다. 도리어 수로가 나라 사람들과 나와서 북을 치며, 탈해가 온 것을 환영하고 머물게 하였으나, 그를 태운 배가 머무르지 않고 달아난 것으로 되어 있다.

가락국 이야기 3

48년 7월 27일 아홉 우두머리들이 조회 끝에 왕에게 말씀을 올렸다.

"대왕이 이 땅에 내려오신 이래로 아직 좋은 배필을 얻지 못하셨습니다. 원하옵건대 저희 딸들 가운데 가장 고운 처녀를 뽑아서 대궐로 들여 배필로 삼으소서."

왕이 말하였다.

"내가 여기 내려온 것은 하늘이 명령한 것이니, 내 짝인 왕후를 정하는 것 또한 하늘이 마련할 것이다. 그대들은 걱정 말라!"

그 뒤에 왕은 유천간을 시켜서 가볍고 빠른 배와 날랜 말을 주어 망산도에 가서 기다리게 하고, 신귀간을 시켜서 승점으로 가게 하였다.* 갑자기 바다 서남쪽 구석에서 붉은 비단 돛을 달고 붉은 깃발을 펼친 배가 북쪽을 향하여 오고 있었다.

유천간 등이 먼저 섬 위에서 횃불을 드니, 그 배에서는 사람들이 서로 다투어 가면서 내려서 빨리 달려왔다. 신귀간이 이것을 보고 대궐로 달

---

* 망산도는 가야의 서울 남쪽에 있는 섬, 승점은 바로 서울 턱 아래 있는 나라다.

려와서 이 사실을 왕에게 아뢰었다. 왕이 듣고 기뻐하면서 뒤미처 아홉 우두머리를 시켜 찬란하게 꾸민 배로 그들을 맞이하게 하였다. 곧 궐내로 왕후를 모셔 가려고 하니 그가 말하였다.

"내 평생에 그대들을 처음 본 터에 어찌 감히 경솔하게 따라가리오!"

유천간 등이 돌아와서 왕후의 말을 전했다. 왕은 그 말을 옳게 여겨 관리들을 거느리고 나가 대궐에서 서남쪽 육십 보쯤 되는 산기슭에 가서 장막을 치고 왕후를 기다렸다. 왕후는 산 밖 별포 나룻목에 배를 매고 땅에 올라 높은 언덕에서 쉬면서, 입었던 비단 바지를 벗어서 폐백*으로 삼아 산신령에게 드렸다.

왕후를 모시고 온 신하 두 사람이 있었는데, 이름은 신보와 조광이라 하고, 그들의 아내 이름은 각각 모정과 모량이라고 했다. 따로 노비가 모두 이십여 명이요, 가지고 온 온갖 비단, 옷, 피륙, 금, 은, 주옥과 아름다운 장신구, 그릇들은 이루 다 기록할 수 없을 만큼 많았다.

왕후가 점점 임금 있는 곳까지 가까이 오자 왕이 나아가 그를 맞아서 함께 장막으로 들어갔다. 왕후를 모시고 온 신하와 여러 사람은 섬돌 아래에서 왕을 뵙고 곧 물러갔다. 왕이 관원을 시켜 왕후를 따라온 신하의 부부를 데려온 뒤 말하였다.

"사람마다 방 하나씩 주어 쉬게 하고, 노비들은 한 방에 대여섯 사람 씩 들게 하라."

* 폐백은 임금에게 바치거나 제사 때 신에게 바치는 물건.

50

그리고 향기롭고 맛있는 술을 주게 하고, 무늬 좋은 깔개와 색깔 있는 이부자리에서 자게 하였다. 또 옷, 비단, 보화까지 주고 군사들을 추려 모아 지키게 하였다.

　왕은 왕후와 함께 잠자리에 드니, 왕후가 조용히 말했다.

　"나는 본디 아유타국의 공주로 성은 허요, 이름은 황옥이며, 나이는 열여섯입니다. 본국에 있을 때 지난 오월에 부왕과 왕후께서 나에게 말씀하시기를, '아비와 어미가 어젯밤 꿈에 같이 하느님을 만나 뵈었다. 하느님이 이르기를, 가락국 시조 임금 수로는 하늘이 내려보내어 왕위에 오르게 하였는데 신령스럽고 거룩한 이는 오직 그분이라고 하였다. 그리고 하느님이 그가 새로 나라를 다스리는데 아직 배필을 정하지 못하였으니, 그대들은 공주를 보내어 그의 짝으로 삼게 하라 하시고 말을 마치자 하늘로 올라갔다. 잠을 깬 뒤에도 하느님의 말씀이 아직 귀에 쟁쟁하니 너는 이 자리에서 우리와 작별하고 그에게로 가거라' 하셨습니다. 그래서 나는 바다를 건너 멀리 남해에 가서 찾기도 하였고 방향을 바꾸어 멀리 동해로도 가 보았습니다. 그러다가 이제 보잘것없는 몸으로 외람히 용안을 뵈옵게 되었습니다."

　왕이 대답하였다.

　"나는 나면서부터 자못 현명하여 공주가 멀리서 올 것을 미리 짐작하고 아래 신하들이 왕비를 들이라는 요청이 있었으나 듣지 않았소이다. 그런데 이제 현숙한 그대가 스스로 왔으니 이 몸에게 커다란 행복이로다."

왕과 왕후가 동침하게 되어 이틀 밤 하루 낮을 지냈다. 이때 공주가 타고 온 배를 돌려보냈는데, 뱃사공 열다섯 명에게 각각 쌀 열 섬씩과 베 삼십 필씩을 주어 본국으로 돌아가게 하였다.

팔월 초하루에 왕이 왕후와 한 수레를 타고 대궐로 돌아오는데, 왕후를 모시고 온 부부도 수레의 앞부분을 나란히 하고 함께 돌아왔다. 가지고 온 외국의 많은 물자들도 모두 수레에 실어 천천히 대궐로 들어오니, 이때 시간은 바로 오정에 가까웠다.

왕후는 중궁에 머물게 하고, 왕명으로 왕후를 모시고 온 신하 부부와 권솔들에게는 빈집 두 채를 내주어 나누어 살게 하였다. 그밖에 남은 수행원들은 손님을 치르는 집 한 채 이십여 칸에 사람 수를 알맞게 갈라서 들게 하고, 날마다 풍족한 음식을 주었다. 그들이 싣고 온 진기한 물건은 대궐 곳간에 간직해 두고 왕후의 사철 비용으로 쓰게 하였다.

— 《삼국유사》

❖ 하늘의 명을 받아 수로왕의 황후가 된 허황옥에 대한 이야기이다. 아유타국이 어디인지는 여러 추측이 있다. 인도 갠지스강 상류인 사라유 강가에 있던 고대 도시국가인 아요디아 왕국, 태국의 메남 강가에 있는 옛 도시 아유티아, 또는 일본에 있던 가락국의 분국 등으로 추측한다.

그 가운데에서 인도를 아유타국이라고 생각한 이들은 불교 전파와 설화를 결부시키려 한 흔적이라 할 수 있으며, 불교가 전해진 뒤에 윤색된 것으로 보인다.

가락국 이야기 4

나라의 제도를 정비하여 다스리고 집안을 정돈하며 백성들을 자식과 같이 사랑하니, 교화가 그리 야단스럽지 않아도 위엄이 있었고 정치가 그리 엄하지 않아도 잘 다스려졌다. 왕이 왕후와 더불어 있는 것이 마치 하늘에 땅이, 해에는 달이, 그리고 양에는 음이 있는 것과 같았다. 이해에 왕후는 곰을 얻는 꿈을 꾸고 태자 거등공을 낳았다.

189년 3월 1일에 왕후가 죽으니 나이가 157세였다. 나라 사람들이 땅이 무너진 듯 통탄하면서 구지봉 동북쪽 언덕에서 장사를 지냈다. 그가 백성들을 자식처럼 사랑하던 은혜를 기리기 위하여 왕후가 처음 배에서 내렸던 나룻가 마을을 주포촌(임나루마을)이라 하였다. 그리고 비단 바지를 벗었던 높은 언덕을 능현(비단고개)이라 하였고, 붉은 기를 달고 들어왔던 바다 시울을 기출변(깃발이 나타난 해변)이라 하였다.

허황후를 모시고 온 천부경 신보와 종정감 조광은 이 나라에 온 지 삼십 년 만에 각각 딸 둘씩을 낳고 일이 년이 지나서 부부가 다 세상을 떠났다. 그밖에 노비들은 온 지 칠팔 년이 되도록 이곳에서 자식을 낳지 못하였다. 다만 고향을 그리는 시름만 품고 지내다가 모두들 고향 쪽으로 머리를 두고 죽었고, 그들이 묵던 집은 사람이 없이 텅 비었다.

　왕후가 죽은 뒤로 왕은 번번이 구슬픈 공방살이 노래를 부르면서 언제나 비탄에 잠겨 있었다. 그 뒤 십 년이 지나 199년 3월 23일에 세상을 버리니 나이가 158세였다. 나라 사람들이 마치 하늘이 무너진 듯 슬퍼하기를 왕후가 돌아가던 날보다 더하였다. 이리하여 동북쪽 평지에 높이 열 자, 둘레가 삼백 보 되는 빈궁을 만들고 여기에 장사하니 능 이름을 '수릉왕묘'라 하였다.

─《삼국유사》

❖ 왕후와 수로왕의 죽음에 대한 이야기로, 그들이 백성을 사랑하고 선정을 베풀었던 모습이 나타나 있다. 또 임나루마을이나 비단고개처럼 지명에 관련된 이야기도 포함하고 있다. 원래 빈궁이란 왕 또는 왕세자가 죽었을 때 장례지에 내기기 전까지 관을 임시로 모셔두는 집이다. 여기서는 다른 곳으로 옮겨서 장사를 지냈다는 말이 없기 때문에 그대로 무덤으로 보아야 할 듯하다. 지금 김해시에는 조선 선조 이후 왕릉에 대한 지속적인 수리와 정비가 이루어져 현재까지 보존되고 있다.

탐라국 전설

    탐라현은 전라도 남해 가운데에 있다. 옛 기록을 보면 태초에는 사람이 없었는데 어느 때인가 신인 세 명이 땅속에서 지상으로 솟아 나왔다고 한다. 탐라 주산의 북쪽 산기슭에는 굴 구멍이 있어 이를 '모흥'이라고 하는데, 이것이 그 땅이다. 그 맏이를 '양을나'라고 하였고, 둘째를 '고을나', 셋째를 '부을나'라 하였다. 세 사람은 산간 외진 곳으로 다니면서 사냥을 하며 가죽옷을 입고 고기를 먹으며 살았다.

    하루는 붉은 질흙으로 봉한 나무 궤짝 하나가 동쪽 바닷가로 떠 들어와 닿는 것을 보았다. 그래서 세 사람이 달려가 그 궤짝을 열어 보았더니, 안에 또 돌함이 들어 있었다. 그리고 붉은 띠에 자주색 옷을 입은 사자 한 사람이 따라 나오더니 돌함을 열었다. 돌함 속에서 푸른 옷을 입은 세 처녀와 망아지, 송아지, 오곡 씨앗들이 나왔다. 사자는 세 사람에게 자기들 내력을 소개하였다.

    "나는 왜 땅에서 온 사자입니다. 이 처녀들은 우리나라 왕의 따님입니다. 왕이 '서해 가운데 산이 있어 거기에 신의 아들 세 사람이 내려와 나라를 세우려 하고 있으나 배필이 없다' 하면서 내게 명령하기를, '세

딸을 데리고 가라' 하기에 내가 명령을 받고 여기에 왔습니다. 바라옵
건대 그들로 배필을 삼아서 큰일을 이루옵소서."

그러고는 세 여자를 바치고 문득 구름을 타고 가 버렸다.

세 신인은 나이 순서대로 세 처녀를 아내로 맞이하였다. 그리하여 세
사람은 샘물이 달고 땅이 비옥한 곳을 골라 역시 차례로 활을 쏘아 살
곳을 정하였다.

양을나가 사는 곳을 '제일도'라 하고, 고을나가 사는 곳을 '제이도'라
하고, 부을나가 사는 곳을 '제삼도'라고 하였다. 이때부터 처음으로 오곡
을 씨 뿌리고, 망아지와 송아지를 길렀는데, 날이 갈수록 점차 부유하고
번성하였다.

그 뒤 십오대 손인 고후, 고청 등 형제 세 사람이 배를 만들어 타고 바
다를 건너서 전성기인 신라의 탐진에 닿았다. 그들이 오기 직전에 신라
에서는 난데없는 별이 남쪽 하늘에 나타났는데, 이를 본 천문관은 왕에
게 아뢰었다.

"다른 나라 사람이 와서 왕을 뵐 징조이옵니다."

그랬더니 과연 세 형제가 왔는지라 신라 왕은 그들을 가상히 여겼으
며, 별을 움직이게 했다고 하여 맏형을 '성주'라 하였다. 그리고 왕이 둘
째 고청을 사랑하여 자기 무릎 밑까지 오게 하고 친아들같이 한 까닭에
'왕자'라 하였고, 셋째는 '도내'라 불렀다. 읍호는 탐라라고 지어 주었는
데, 처음에 그들이 올 때 배를 댄 곳이 탐진이었기 때문이다. 또한 신라
왕은 그들에게 각각 큰 일산(해를 가리는 우산)과 의대(옷과 띠)를 주어 보

냈다. 이로부터 탐라에서는 그들의 자손이 대대로 번성하면서 신라를
우러러 섬겼다.

—《고려사》

❖ 탐라국 전설은 우리나라 제주도에 관한 이야기로, '삼성혈 전설'이라고도 한다. 이 전
설에서는 주인공이 땅에서 솟아났다고 했는데, 다른 나라를 세운 이야기와 달라서 흥미
롭다. 제주도 가운데 우뚝 솟은 한라산을 오랫동안 신성하게 여겨 온 제주도 사람들의
마음이 반영된 것이라고 생각할 수 있다. 이처럼 지리적 조건과 연결해 설명하기도 하지
만, 이 전설이 비교적 늦게 만들어졌기 때문이라고도 할 수 있다.

　탐라는 백제와 신라에 대개는 예속 관계에 있었으나, 고려 초기까지는 독립적인 소국
가로 자기 면모를 일정하게 유지해 왔다. 정식 고려의 군현으로 개편된 것은 숙종 10년
(1105) 때다. 곧 탐라국은 꽤 오랫동안 제주도라는 섬 속에서 작은 왕국을 이루고 자기
역사와 문화를 발전시켜 왔으며, 이 지방만의 설화와 민요들을 창조하고 발전시켜 온 것
이다.

후백제 왕 견훤

옛 기록에 다음과 같이 이른다.

옛날에 한 부자가 광주 북촌에 살았다. 그에게는 딸 하나가 있었는데 외모가 단정하였다. 하루는 딸이 아버지께 말하였다.

"붉은 옷을 입은 웬 남자가 매번 제 방에 와서 잡니다."

아버지가 딸에게 일러 말하였다.

"네가 긴 실을 바늘에 꿰어서 그 사람 옷에 찔러 두어라."

딸은 그 말대로 하였다.

날이 밝아 실을 찾아보니 바늘이 북쪽 담 밑의 큰 지렁이 허리에 꽂혀 있었다. 그 뒤 딸이 임신하여 사내아이를 낳았는데, 그 사내아이 나이 열다섯에 스스로 견훤이라고 일컬었다.

892년 견훤은 스스로 왕이라 하고 도읍을 완산군(지금의 전북 전주)에 정하여 43년 동안 다스렸다. 935년 견훤의 세 아들*이 반역을 하자, 견훤은 고려 태조에게 투항하였다. 아들 신검이 왕위에 올랐으나 936년

* 세 아들은 신검, 양검, 용검 셋을 말한다.

고려 군사와 일선군(지금의 경북 선산)에서 맞서 싸우다가 져 백제가 망
하였다.

─《삼국유사》

❖ 견훤에 얽힌 이야기는 그가 후백제 왕을 스스로 칭하며 신비화한 데서 생겨난 이야기

이다. 우리나라 설화 가운데 건국 시조들과 관련된 이야기가 적지 않다. 고대의 여러 건

국 설화들부터 시작하여 가까이는 고려의 태조 왕건, 조선의 이성계와 관련된 이야기가

그러한 것들이다.

고대 건국 설화들이 흔히 하늘이나 어떤 초자연적 신들과 결부되어 있는 반면에 후대

건국 설화들은 흔히 지상의 어떤 신비한 기적들과 결부시키려 하고 있다. 견훤의 이야기

도 지렁이와 관련되어 있다. 이런 새로운 경향은 역사 발전과 더불어 백성들이 지혜로워

졌기 때문이다. 사람들의 의식이 발전하여 초자연적 물건에 의한 신비화를 믿지 않게 되

었기 때문에 그들이 더 몸 가까이서 보고 아는 것으로 신비화할 필요가 있었던 것이다.

2부
백제는 둥근달 신라는 초승달

여옥과 공후인

《고금주》를 보면 '공후인'이란 노래는 조선진 뱃사공 곽리자고의 아내 여옥이 지은 것이라고 하였다.

하루는 곽리자고가 새벽에 일어나서 강에 나가 배질을 하고 있었다. 이때 머리가 하얗게 센 미친 남자 하나가 머리를 갈래갈래로 풀어 헤뜨리고 병을 들고서 세차게 흐르는 물결을 질러 강을 건너가는 것이었다.

그의 아내가 황급히 따라오며 건너가지 말라고 소리쳐 불렀으나 미처 손쓸 사이도 없이 남자는 강물에 밀려 빠져 죽었다.

일이 이렇게 되자 그 아내는 공후*를 뜯으며, '그대 강을 건너지 말라 하였건만[공무도하]'이란 노래를 지어 불렀는데, 그 곡조가 매우 애달프고 구슬펐다. 그리고 여자는 노래를 마치자 스스로 몸을 강물에 던져 죽고 말았다.

곽리자고는 그날 밤 집에 돌아오자 아내 여옥에게 나루터에서 본 일을 여자가 부른 노랫소리까지 그대로 옮겨 가며 이야기하였다. 여옥은

* 공후는 하프와 비슷한 동양의 옛 현악기.

그 사연을 듣고 나서 몹시 슬퍼하면서 공후를 당겨 남편이 불러 주는 노랫가락을 탔다. 그리하여 노랫가락을 듣는 사람들은 눈물을 흘리며 울지 않는 사람이 없었다.

그 뒤 여옥은 노래를 옆집에 사는 여용이란 여자에게 전하였는데 곡명을 '공후인'이라고 하였다.

'조선진'을 고찰해 보면 지금의 대동강이다.

—《오산설림》

❖ '공후인'은 가사가 전하는 우리나라 고대 가요 작품들 가운데 가장 오래된 작품이다. 중국 진나라 사람 최표가 쓴 《고금주》에는 '공후인'의 가사도 적혀 있는데, 다음과 같다.

님아 강을 건너지 마소.

굳이 님이 건너시네.

물에 빠져 죽으시니

님아 이를 어이하리오.

이 노래는 설화가 보여 주듯이 고조선 사람들이 만들고 부른 민요였다.

유리왕의 황조가

고구려 유리명왕 3년(기원전 17) 시월에 왕비 송 씨가 죽었다. 왕이 다시 두 여자에게 장가를 들어 후취를 삼았다. 하나는 '화희'라 하여 골천 사람의 딸이요, 다른 하나는 중국 한나라 사람의 딸 '치희'였다.

두 여자가 시새움하여 서로 화목하지 못하므로 왕이 양곡 동, 서에 두 궁을 지어 따로 살게 하였다. 그 뒤에 왕이 기산으로 사냥을 나가서 이 레 동안 돌아오지 않았더니 두 여자가 다투었다.

화희가 치희에게 꾸짖으며 말하였다.

"한인의 집에서 온 천한 첩이 어찌 그토록 무례하기 짝이 없느냐?"

치희가 창피하고 분하여 집으로 도망쳐 돌아갔다. 왕이 소식을 듣고 말을 달려 쫓아갔으나, 치희는 성을 내고 돌아오지 않았다. 왕이 돌아오는 길에 나무 밑에서 쉬다가 꾀꼬리가 날아와 모이는 것을 보고 느끼는 바 있어 다음과 같이 노래하였다.

펄펄 나는 꾀꼬리도
암놈 수놈 즐기는데

외로울사 이내 몸은

뉘와 함께 돌아갈까.

—《삼국사기》

❖ 고구려 유리왕의 '황조가'는 우리나라 개인 서정 가요 중 가장 오래된 노래이다. 이 노래가 처음부터 한시 작품으로 쓰인 것이 아니라는 견해도 있다. 그러나 당시 여러 가지 조건으로 보아 유리왕이 한시를 썼으리라 생각한다. 이 노래에는 주인공의 서정적 내면 세계가 비유법으로 진실하고 생동하게 잘 표현되어 있다.

또한 '황조가'는 당시 사회 현실을 반영한 작품으로 보기도 한다. 즉 두 여인의 싸움을 유리왕 때에 벌어진 종족간의 대립으로 본다면, 이 대립을 화해시키지 못한 왕의 실패를 노래로 부른 것이라고 볼 수 있다.

절로 끓는 밥 가마

고구려 대무신왕 4년(21) 겨울 십이월에 왕이 군사를 출동시켜 부여를 치러 가다가 비류수에 다다랐다. 물가를 바라보니 어떤 여인이 솥을 들고 노니는 것 같았기에 가까이 가 보았는데, 여인은 간데없고 다만 솥만 있었다.

그 솥에 밥을 짓게 하였는데 불을 때기도 전에 저절로 열이 나서 밥이 되었으므로 모든 군사를 배부르게 먹일 수 있었다.

이때 갑자기 한 사나이가 나타나서 하는 말하였다.

"이 솥은 우리 집 것으로 내 누이가 잃은 것입니다. 임금이 지금 이것을 얻으셨으니 청컨대 내가 이 솥을 지고 임금을 따라가게 하여 주십시오."

그래서 왕은 그에게 솥을 짊고 있다는 뜻의 '부정'이라는 성씨를 주었다.

왕이 이물림에 이르러서 묵게 되었는데 밤에 웬 쇳소리가 들렸다. 그래서 동틀 무렵에 사람을 시켜 그곳을 찾아가 보게 하였더니 황금 옥새와 병장기 따위를 얻었다.

"이것은 하늘이 주시는 것이다."

왕이 이렇게 말하며, 절을 올리고 그것을 받았다.

길을 떠나려는데 한 사람이 있었으니 키는 구 척 정도에 얼굴이 희고 눈에는 광채가 있었다. 그는 왕에게 절하며 말하였다.

"저는 북명 사람 괴유입니다. 내가 듣건대 대왕이 북쪽으로 부여를 치러 가신다고 하니, 청컨대 내가 따라가서 부여 왕의 머리를 베게 해 주십시오."

왕은 기뻐하며 허락했다.

또 어떤 사람이 말하였다.

"나는 적곡 사람 마로입니다. 청컨대 내가 긴 창으로 인도하게 해 주시옵소서."

그러자 왕이 또 허락하였다.

— 《삼국사기》

❖ 대무신왕(고구려 3대 임금)이 부여국을 치러 가던 도중에 있었던 일을 기록하고 있다. 불을 때지 않아도 저절로 열이 나면서 물이 끓고 밥이 되는 가마 이야기에는 옛사람들이 나라를 신성하게 여기는 마음이 엿보인다. 부여를 정벌하러 가는 길에 많은 인재를 얻은 것도 마찬가지다.

을두지의 뛰어난 지혜

대무신왕 10년(27) 정월에 을두지를 임명하여 좌보로 삼고, 송옥구를
임명하여 우보로 삼았다.*

11년 칠월에 한나라 요동 태수가 군사를 거느리고 쳐들어왔다.

왕이 여러 신하를 모아 놓고 지키는 계책을 물으니 우보 송옥구가 말
하였다.

"내가 듣기로는 덕을 믿는 자는 번창하고 힘을 믿는 자는 망한다 하였
습니다. 지금 중국에 흉년이 들어서 도적들이 벌 떼처럼 일어나고 있
는데, 그들은 아무런 명분도 없이 군사를 출병하였습니다. 이것은 임
금과 신하들이 결정한 책략이 아니라 분명히 변방 장수가 사욕을 채
울 목적으로 제 마음대로 우리나라를 침범한 것입니다.

이것은 하늘 이치를 거스르고 사람의 도리에 어긋났으므로 적군은
반드시 얻을 것이 없을 것입니다. 그러니 우리가 험한 지형에 의지하
여 갑자기 습격하면 적들을 반드시 깨뜨릴 수 있습니다."

*좌보는 고구려 벼슬 이름으로 재상에 해당하고, 우보는 좌보 다음가는 높은 관직이다.

좌보 을두지가 말하였다.

"수가 적은 편은 비록 강병이라도 수가 많은 편에게 사로잡히기 쉽습니다. 나는 대왕의 군사와 한나라 군사가 어느 편이 많은가를 생각하여 보았는데, 꾀로 칠 수 있을지언정 힘으로 이길 수는 없습니다."

왕이 말하였다.

"꾀로 치려면 어떻게 해야겠는가?"

을두지가 대답하여 말하였다.

"지금 한나라 군사가 멀리 나와 싸우고 있으나 그들의 서슬을 당해 낼 수 없습니다. 대왕은 성문을 닫고 군사를 튼튼히 하여 적의 군사가 지치기를 기다려서 나가 치는 것이 옳습니다."

왕이 그 말을 옳게 여기고 위나암성(국내성)에 들어가서 수십 일 동안 굳게 지켰으나 한나라 군사가 포위를 풀지 않았다.

왕은 힘이 다하고 군사가 지치므로 을두지에게 물었다.

"형세가 더는 지킬 수 없으니 어찌해야 하는가?"

을두지가 말하였다.

"한나라 사람들은 우리가 암석 지대에 있어 물 나는 샘이 없으리라 생각할 것입니다. 때문에 오랫동안 포위하여서 우리가 곤란해지기를 기다리고 있는 것입니다. 그러니 연못 속에 있는 잉어를 잡아서 싱싱한 풀로 싸고 또한 맛 좋은 술을 약간 보내어 한나라 군사에게 먹이는 것이 좋겠습니다."

왕이 을두지의 말을 좇아 편지를 보내어 말하였다.

"내가 어리석어 장군에게 백만 군사를 거느리고 우리 국경에서 이슬을 맞으며 노숙 생활을 하게 하였소. 장군의 후의를 보답할 길이 없어 이에 보잘것없는 물건이나마 보내니 여러 사람에게 대접하여 주기 바라오."

이때 한나라 장수가 생각하기를 성안에 물이 있으니 빨리 함락시킬 수는 없겠다 싶어 곧 회답하였다.

"우리 황제가 내 어리석음을 생각하지 않고 군사를 출동시켜 대왕의 죄를 추궁하라 하였소. 그래서 고구려 국경에 와서 열흘이 넘도록 어찌할 바를 몰랐더니, 이제 보내온 편지를 보니 글의 뜻이 순리를 따르고 공손하오. 내가 황제에게 이 말대로 아뢰지 않을 수 없소."

마침내 군사를 끌고 물러갔다.

— 《삼국사기》

❖ 을두지에 관한 이야기는 초기 고구려가 외래 침략자들과 벌인 줄기찬 투쟁의 한 토막을 보여 주는 기록이다. 고구려 백성들이 침략자들에 맞서는 모습이 잘 나타나며, 당시 고구려 재상이던 을두지의 깊은 지략이 나타나 있다.

대무신왕이 한나라 요동 태수에게 보냈다는 서한은 문헌에 남아 있다. 이는 우리에게 알려진 고구려의 최초 산문 작품이다. 이 편지는 외교 문건으로 표현이 매우 공손하고 겸양한 격식으로 되어 있다. 그러나 내용에는 은근히 침략자들을 비웃는 뜻과 고구려 사람들이 가진 불굴의 의지가 표현되어 있다.

왕자 호동

대무신왕 15년(32) 사월에 왕자 호동이 옥저에 놀러 갔더니 낙랑 왕 최리가 나와 다니다가 그를 보고 물었다.

"그대의 용모를 보니 보통 사람이 아니다. 그대는 북국 신왕의 아들이 아닌가?"

그리고는 함께 돌아가서 자기 딸을 아내로 삼게 하였다.

그 뒤에 호동이 고구려에 돌아와서 가만히 사람을 보내어 최 씨 딸에게 일렀다.

"그대가 나라의 무기고에 들어가서 북과 나팔을 깨뜨릴 수 있다면 내가 예를 갖추어 그대를 맞을 것이오. 하지만 그렇게 하지 못한다면 맞이하지 않을 것이오."

옛날부터 낙랑에는 북과 나팔이 있었는데, 적병이 오면 저절로 소리를 내기 때문에 왕자는 그것을 깨뜨려 버리라고 한 것이다. 이때 최리의 딸이 잘 드는 칼을 가지고 곳간에 들어가서 북의 면과 나팔 주둥이를 베어 버리고 호동에게 알렸다. 이에 호동은 왕에게 권하여 낙랑을 습격하였다.

최리는 북과 나팔이 울지 않아 방비를 하지 않고 있다가, 고구려 군사들이 성 밑까지 이르러서야 북과 나팔이 모두 깨진 것을 알고 자기 딸을 죽이고 나와서 항복하였다.

또 다른 이야기에서는 대무신왕이 낙랑을 없애려고 혼인하기를 청하여 최리의 딸을 데려다가 며느리 삼은 다음 그를 본국에 돌려보내서 그 병기들을 파괴하였다고도 한다.

—《삼국사기》

❖ 왕자 호동 이야기는 대무신왕의 아들에 관한 이야기이다. 낙랑이란 나라가 고조선을 멸망시킨 중국의 나라라고 본다면, 미천왕(고구려 15대 임금) 때까지 계속된 고구려와 한족의 대립을 이 이야기에서 확인할 수 있다.

또한 이 설화는 '왕자 호동'과 '낙랑공주', 그리고 적이 오면 스스로 소리는 내는 '자명고'라는 극적인 요소를 가지고 있어 지금까지도 소설, 희곡, 드라마로 다시 쓰이고 있다.

신의를 지킨 도미 부부

도미는 백제 사람이다. 신분이 비록 보잘것없는 백성에 속하였으나 의리에 아주 밝았다. 그의 아내도 어여쁘고 고울 뿐만 아니라 절조가 있어 당시 사람들의 칭찬을 받았다. 개루왕이 이 말을 듣고 도미를 불러 말하였다.

"무릇 부인의 덕은 정절을 으뜸으로 삼는다. 그러나 만일 으슥하고 어두우며 사람 없는 곳에서 달콤한 말로 꾀이면 마음이 흔들리지 않는 여자가 드물겠지?"

도미가 대답하였다.

"사람의 마음이란 알 수 없는 것이지마는 내 아내와 같은 여자는 죽더라도 변함이 없을 것입니다."

왕이 도미를 붙들어 두고 일을 시키면서 자신의 가까운 한 사람을 시켜 도미의 아내를 시험해 보고자 하였다. 그 사람을 왕처럼 입힌 뒤 말에 태우고 하인을 갖추어 밤에 도미의 집으로 가게 했다. 또한 미리 사람을 보내어 왕이 온다고 기별하였다. 가짜 왕이 도미의 아내에게 말하였다.

"내가 오래전부터 네가 어여쁘다는 말을 듣고 도미와 내기를 하여 너를 가지게 되었다. 내일 너를 데려다가 궁녀로 삼겠으니 지금부터 네 몸은 내 것이다."

그러고는 범하려고 하니 도미의 아내가 말하였다.

"국왕은 빈말을 하지 않을 것이니 내가 어찌 감히 따르지 않겠습니까? 바라옵건대 대왕은 먼저 방으로 들어가시옵소서! 내가 옷을 갈아입고서 들어가겠습니다."

그리고 물러 나와 계집종 하나를 단장시켜 들여보냈다.

왕이 뒤에 여자에게 속은 것을 알고 크게 노하여 도미에게 죄를 뒤집어씌워서 두 눈을 뽑아 버리고 끌어내어 조그마한 배에 태워 강 위에 띄웠다. 그다음에는 도미의 아내를 끌어다가 억지로 간음하려 하니, 여자가 말하였다.

"나는 이제 남편을 잃고 과부의 몸이 되어 혼자 살아갈 수 없을 뿐 아니라 왕을 모시게 되었으니 어찌 감히 명을 어길 수 있겠습니까? 그러나 지금 내 몸이 부정하오니 다른 날을 기다려 목욕을 깨끗이 한 뒤에 와서 모시겠습니다."

왕이 그 말을 곧이듣고 허락하였다.

곧 도미의 아내가 도망하여 강어귀에 이르렀으나 건널 수가 없었다. 하늘을 우러러 부르짖으며 통곡하고 있었더니, 갑자기 배 한 척이 물결을 따라 이르는 것을 보았다. 그 배를 잡아타고 천성도에 이르러 남편을 만났는데, 거기에서 도미는 아직 죽지 않고 풀뿌리를 캐 먹고 있었다.

그길로 배를 같이 타고 고구려의 산산 밑에 이르니 사람들이 그들을 불쌍히 여겨 옷과 밥을 모아 주었다. 하지만 끝내 구차하게 살다가 나그네로 일생을 마쳤다.

—《삼국사기》

❖ 도미 부부의 이야기는 잔인하고 비인간적인 백제의 폭군 개루왕(백제 4대 임금)과 정의롭고 아름다운 품성을 가진 부부의 갈등을 보여 준다. 도미는 아내의 도덕적 품성을 굳게 믿고 있으며, 도미의 아내는 어떠한 처지에서도 남편에 대한 신의를 저버리지 않는다. 보잘것없는 백성인 도미 부부는, 개루왕 같은 폭군 앞에서도 아름다운 신조를 꺾지 않고 대담하게 지켰을 뿐만 아니라 맞서 이겨 냈다.

말 한 필도 돌려보내지 않은 명림답부

명림답부는 고구려 사람으로 신대왕 때 재상으로 있었다.

한나라에서 크게 군사를 일으켜 우리나라로 쳐들어왔다. 왕이 여러 신하에게 공격과 방어 중에서 어느 것이 유리할 것인가를 물었다. 여러 사람이 의논하여 말하였다.

"한나라 군사들이 병사 수가 많은 것을 믿고 우리를 업신여기는데, 만약 나가 싸우지 않는다면 우리를 비겁하다 하여 자주 쳐들어올 것입니다. 또한 우리나라는 산이 험하고 길이 좁으니 이야말로 '한 사람이 관문을 지켜도 만 사람이 당하지 못한다'는 격입니다. 한나라 군사가 아무리 수가 많더라도 우리를 어찌할 수 없을 것이니, 청컨대 군사를 출동시켜 막아 버리소서."

명림답부가 말하였다.

"그렇지 않습니다. 한나라는 나라가 크고 백성이 많아 이제 강한 군대로 쳐들어오니 그 서슬을 당할 수 없을 것입니다. 또한 군사가 많은 자는 싸워야 하고 군사가 적은 자는 지켜야 하는 것이 마땅한 일입니다.

이제 한나라 군사들이 천 리 길에서 군량을 운반해 왔으므로 오랫동안 버티지는 못할 것입니다. 만약 우리가 도랑을 깊이 파고 보루를 높이 쌓으며 성 밖 들판을 곡식 한 알 없이 비워 놓고 기다리면 적들은 반드시 한 달을 넘기지 못하고 돌아갈 것입니다. 굶주리고 지쳐 돌아갈 때에 강한 군사로 몰아치면 우리 뜻대로 될 수 있을 것입니다."

왕이 이를 옳게 여겨 성문을 닫고 굳게 방어하였다. 한나라 군사들이 공격하다가 이기지 못하고 장수와 졸병들이 굶주려서 돌아갔다. 이때 명림답부가 기병 수천 명을 거느리고 뒤쫓아 좌원에서 전투를 벌이니 한나라 군사가 크게 져서 말 한 필도 돌아가지 못하였다. 왕이 크게 기뻐하여 명림답부에게 좌원과 질산의 땅을 공로의 보상으로 주었다.

신대왕 15년(179) 구월에 명림답부가 죽으니 나이가 113세였다. 왕이 친히 가서 조문하고 이레 동안 조회를 중지하였으며, 예를 갖추어 질산에 장사하고 20여 호의 묘지기를 두었다.

─《삼국사기》

❖ 명림답부는 고구려의 최고 벼슬인 국상을 지낸 사람으로 신대왕(고구려 8대 임금) 8년(172)에 좌원에서 침략자들과 싸워 큰 공을 세웠다. 《삼국사기》〈고구려 본기〉에 의하면 그는 훌륭한 전략 전술로 침략자들을 물리쳤고, 말 한 필도 돌아가지 못하게 하였다고 하였다.

신대왕의 전왕인 차대왕은 포악하고 잔인한 폭군이었다. 그는 죄 없는 사람들과 충직한 사람들을 사사로이 수없이 죽였고, 백성들의 고통을 돌보지 않았다. 그래서 명림답부가 차대왕을 처치하고 신대왕을 왕으로 세웠다.

나라 위해 싸운 밀우와 유유

밀우와 유유는 모두 고구려 사람이다.

동천왕 20년(246)에 위나라 장수 관구검이 군사를 거느리고 침입해 환도성을 공격하여 함락시켰다. 왕이 성을 버리고 달아나는데, 위나라 장수 왕기가 왕을 뒤쫓았다. 왕이 남옥저*로 달아나기 위하여 죽령에 이르렀을 때 군사들은 거의 다 흩어지고 다만 동부의 밀우가 혼자 왕 옆에 있다가 왕에게 말하였다.

"이제 쫓아오는 적군이 바싹 다가와 형세가 급박하게 되었습니다. 내가 죽기를 각오하고 막겠사오니 왕은 달아나소서."

그러고는 마침내 결사대를 뽑아서 그들과 함께 적진으로 달려가 힘껏 싸웠다. 왕이 이 틈을 타서 겨우 탈출해 산골짜기에 흩어진 군사들을 불러 모아 방위하고 있으면서 말하였다.

"밀우를 데려오는 사람에게는 후한 상을 주겠다."

---

*남옥저는 기원 전후 시기에 있었던 작은 나라의 이름이다. 지금의 함경도 일대를 차지하는 자리에 동옥저와 동옥저에서 팔백여 리 떨어진 곳에 북옥저가 있었다. 북옥저는 중국 동북의 도문강 일대에 있었다고 한다. 여기의 남옥저는 바로 동옥저를 가리킨다.

하부의 유옥구가 앞에 나와 말하였다.

"내가 가 보겠습니다."

곧 그는 싸움터로 가서 밀우가 땅에 쓰러져 있는 것을 발견하고 바로 업어 왔다. 왕이 밀우를 무릎 위에 눕혔더니 한참이 지난 뒤에야 소생하였다.

왕이 샛길로 이리저리 헤매다가 남옥저에 이르렀으나 위나라 군사가 끈질기게 쫓아왔다. 왕이 계책이 막연하고 형세가 불리하여 어찌할 바를 모르고 있었더니, 동부 사람 유유가 나서서 말하였다.

"사태가 매우 위급하나 헛되이 죽을 수는 없습니다. 내게 어리석은 계책이 있사옵니다. 음식을 차려서 위나라 군사를 한턱먹이는 체하다가 틈을 타서 적장을 찔러 죽이겠습니다. 만일 내가 세운 계책대로 되거든 그때 왕이 들이치시면 이길 수 있을 것입니다."

왕이 좋다고 하였다. 유유가 위나라 군사에게로 가서 거짓 항복하여 말하였다.

"우리 임금이 큰 나라에 죄를 짓고 바다 구석까지 도망하여 왔으나 몸 둘 곳이 없습니다. 곧 임금이 당신네 진영 앞에 와서 항복하여 법관에게 목숨을 맡기려고 하는데, 우선 나를 보내어 변변치 않은 음식으로 군사들을 대접하려 합니다."

위나라 장수가 이 말을 듣고 유유의 항복을 받으려 하였다. 바로 그때 유유가 칼을 음식 그릇에 숨겼다가 앞으로 달려들어 칼을 뽑아 위나라 장수의 가슴을 찌르고 그와 함께 죽으니 위나라 군사가 마침내 혼란해졌다. 왕이 군사를 세 길로 나누어 갑자기 그들을 치니 위나라 군사가 헝클어져 진을 치지 못하고 드디어 낙랑에서 물러갔다.

왕이 서울로 돌아와서 전공을 평가하면서 밀우와 유유의 공로를 첫째로 삼았다. 밀우에게 거곡과 청목곡의 땅을, 옥구에게 압록과 두눌하원을 식읍(공로에 대한 특별 보상으로 주는 영지)으로 주었다. 유유에게는 구사자로 추증*하고, 또 그의 아들 다우를 대사자(고구려의 벼슬)로 삼았다.

―《삼국사기》

❖ 밀우와 유유는 침략자들에 맞서 싸운 사람이다. 고구려 초기에는 특히 서북쪽에서 오는 침략 세력과 끊임없이 긴장된 투쟁을 하였다. 관구검의 침입도 고구려가 침략자들과 벌인 가장 큰 전투 가운데 하나였다.

《삼국사기》〈고구려 본기〉에 의하면 관구검의 군대는 당시 고구려의 수도 환도성을 함락시키고 주민들을 무참히 죽였으며 다시 도읍할 수 없을 정도로 쑥대밭을 만들었다고 한다. 관구검의 악랄한 침략이 있은 다음 해인 동천왕(고구려 11대 임금) 21년에 왕은 평양성을 쌓고 백성들과 종묘와 사직을 옮겼다고 한다.

*추증은 나라에 공로가 있는 벼슬아치가 죽은 뒤에 품계를 높여 주던 일.

포악한 왕을 몰아낸 창조리

창조리는 고구려 사람인데, 봉상왕 때에 재상이 되었다.

당시 모용외(중국 선비족 족장)가 고구려 변경의 근심거리였다. 왕이 여러 신하에게 말하였다.

"모용외 군사가 강하여 자주 침략하니 어찌할 것인가?"

창조리가 대답하였다.

"북부 대형 고노자가 어질고도 용감합니다. 침략군을 막고 백성들이 편안히 살게 하려면 고노자가 아니고는 쓸 만한 자가 없습니다."

왕이 고노자를 신성* 태수로 삼았더니 모용외가 다시는 오지 않았다.

봉상왕 9년 팔월에 왕이 열다섯 살 넘은 장정들을 징발하여 궁실을 수리하도록 하였다. 백성들이 먹을 것이 없고 노역에 시달리게 되어 나라를 떠나 흩어졌다. 창조리가 간하여 말하였다.

"하늘의 재앙이 거듭되고 올해 곡식이 잘되지 않아서 백성들이 살 곳을 얻지 못하거나 잃어버렸습니다. 또한 장정들은 곳곳으로 떠돌고

* 신성은 중국 요하 유역에 있었던 당시 고구려 서쪽 변경의 요충지.

노약자들은 구렁과 개천에 뒹굴고 있습니다. 이는 진실로 하늘을 두려워하고 백성을 걱정하며 스스로 조심하고 반성할 때이거늘 대왕은 한 번도 이에 대하여 생각하지 않고 있습니다. 오히려 굶주린 백성들을 몰아다가 토목 노역에 지치게 하니 백성의 부모인 임금이 할 일과 대단히 어그러집니다.

더군다나 가까운 이웃에 강한 원수가 있는데 이들이 만일 우리가 피폐한 틈을 타서 침입한다면 나라와 백성이 어떻게 되겠습니까? 대왕은 깊이 생각하시기를 바랍니다."

왕이 불쾌히 여겨서 말하였다.

"임금이란 백성들이 우러러보는 것이므로 궁실이 웅장하고 화려해야 위신을 보일 수 있다. 이제 재상이 나를 비방함으로써 백성들의 칭송을 바라는 것이로다."

창조리가 말하였다.

"임금이 백성을 생각해 주지 않으면 어질지 못한 것이며, 신하가 임금에게 바른말로 간하지 않으면 충성이 아닙니다. 내가 재상의 자리를 채우고 있기에 감히 말하지 않을 수 없는 것입니다. 어찌 백성의 칭찬을 구해서이겠습니까?"

그러자 왕이 웃으며 말하였다.

"재상은 백성을 위하여 죽으려 하는가? 앞으로는 말하지 말기를 바라노라."

창조리가 왕이 고치지 않을 것을 알고 물러나와 여러 신하와 상의하여 봉상왕을 폐위시켰다. 왕은 죽음을 면할 수 없다는 것을 깨닫고 스스로 목을 매어 죽었다.

— 《삼국사기》

❖ 창조리는 3세기 말에 활동한 고구려의 정치가다. 이 시기 고구려 서쪽에는 외적이 끊임없이 침략하였다. 안으로는 통치 계급의 혹독한 착취와 약탈, 게다가 심한 자연재해 때문에 백성들의 생활이 말할 수 없이 참혹했다. 그러나 봉상왕(고구려 14대 임금)은 향락을 위하여 궁을 짓는 일에만 몰두하였던 것이다. 창조리가 이러한 형편을 참지 못하여 위험을 무릅쓰고 포악한 왕에게 대담한 충고를 거리낌 없이 했다. 왕의 옳지 않은 행동과 태도를 도저히 고칠 수 없다고 판단하자, 창조리가 여러 신하와 의논하여 왕을 내쫓았다.

태자의 말 발자국

백제 근구수왕은 근초고왕의 아들이다. 이보다 앞서 고구려 국강왕 사유*가 직접 와서 백제 땅을 침범하니 근초고왕이 태자를 보내어 방어하게 하였다.

태자가 반걸양(지금의 강원 원주)에 이르러 싸우려 하였다. 사기는 원래 백제 사람인데, 고구려로 달아났다가 이때에 돌아왔다. 전날에 실수로 왕이 타는 말의 발굽을 다치게 하는 잘못을 저지르고서 죄를 받을까 두려워했던 것이다.

사기가 태자에게 말했다.

"고구려의 군사가 비록 많으나 모두 가짜 군사로 수를 채운 것에 지나지 않고, 그 가운데 가장 강한 부대는 다만 붉은 깃발을 든 것뿐입니다. 그들을 먼저 깨뜨린다면 나머지는 치지 않아도 저절로 허물어질 것입니다."

태자가 그의 말을 좇아 진격하여 크게 이기고 달아나는 군사를 계속

* 사유는 고구려 고국원왕(고구려 16대 임금)을 말한다. 국강왕이 백제를 친 것은 369년의 일이다.

뒤쫓아 수곡성(지금의 황해도 평산) 서북에 이르렀다. 이때 장수 막고해가 간하여 말했다.

"일찍이 도가의 말을 들으니 '만족한 것을 알면 욕을 보지 않으며, 그칠 줄을 알면 위태하지 않다'고 하였습니다. 지금 얻은 바도 많은데 어찌 더 많은 것을 바라겠습니까?"

태자가 이 말을 옳다고 여겨 뒤쫓기를 멈추었다. 곧바로 그곳에 돌을 쌓아 표적으로 삼고 그 위에 올라가 좌우를 돌아보면서 말했다.

"다음날에 누가 다시 이곳까지 올 수 있겠느냐?"

그곳에 말발굽같이 생긴 바윗돌 틈이 있었는데, 사람들이 지금까지도 '태자의 말 발자국'이라고 한다.

─《삼국사기》

❖ 고구려는 4세기 중엽부터 외적들과 투쟁하는 데 썼던 중요한 역량을 점차 국내로 돌려 남쪽으로 영토를 확장했다. 그 결과 이때부터 삼국의 싸움은 더욱 격렬해진다. 특히 백제의 근초고왕과 근구수왕(백제 14대 임금) 때에는 백제와 고구려 간의 공방전이 아주 격렬하게 펼쳐졌다. 이 시기에 백제는 여러 차례 고구려의 평양성을 공격하였다. 그러나 수곡성 부근에 있다는 '태자의 말 발자국' 이야기는 다분히 전설적인 것이 역사적 사실에 덧붙여진 것으로 보인다.

어리석은 개로왕

백제 개로왕 21년(475) 구월에 고구려 왕 거련(장수왕)이 군사 삼만을 거느리고 와서 서울 한성(북한산성)을 에워쌌다. 왕은 성문을 닫고 나가 싸우지 못하니 고구려 사람들이 군사를 네 길로 나누어 양쪽으로 끼고 성을 공격하였다. 또 바람결을 따라 불을 놓아서 성문을 태우니, 백제 사람들 인심이 불안하여 나가 항복하려는 자도 있었다.

형세가 곤란해지자 개로왕이 어찌할 바를 몰라서 말 탄 병사 수십 명을 거느리고 성문 서쪽으로 나가 달아나려 하였더니, 고구려 사람들이 쫓아와서 왕을 죽였다.

이에 앞서 고구려 장수왕이 가만히 백제를 칠 것을 꾸미면서 백제에 들어가 정탐할 만한 자를 구하였다. 이때 중 도림이 응하여서 말했다.

"소승이 원래 도는 알지 못하오나 나라의 은혜를 갚으려고 생각한 바가 있습니다. 바라건대 대왕이 나를 어리석은 자로 여기지 마시고 일을 시키신다면 결코 왕명을 욕되게 하지 않겠습니다."

왕이 기뻐하여 비밀리에 그를 시켜 백제를 속이도록 하였다. 그리하여 도림이 거짓으로 죄를 짓고 도망하는 체하고 백제로 달아났다.

당시 백제왕 근개루(개로왕)는 장기와 바둑을 좋아하였다. 도림이 대궐 문에 이르러 고했다.

"내가 젊어서부터 바둑을 배워 꽤 묘한 수를 알게 되었으니, 왕에게
연락해 주기 바랍니다."

왕이 도림을 불러들여 바둑을 두어 보니 과연 일등 국수*였다. 왕은
그를 높은 손님으로 대우하고 매우 친해져서 서로 늦게 만난 것을 한탄
하였다. 도림이 하루는 조용히 왕과 같이 앉아서 말했다.

"나는 다른 나라 사람인데 왕이 나를 멀리하지 않고 은혜를 매우 후히
베풀어 주셨지마는 다만 한 가지 재주로 봉사했을 뿐입니다. 아직 한
번도 털끝만 한 이익도 드리지 못하였기에 이제 한 말씀 올리려 하오
나 왕의 뜻이 어떠하실지 모르겠습니다."

왕이 말했다.

"말하여 보라. 만일 나라에 이로운 일이 있다면 이는 선생에게 바라는
것이로다."

도림이 말하였다.

"대왕의 나라는 사방이 모두 산과 둔덕이며 강과 바다이니, 이는 하늘
이 마련한 요새이기에 사람의 힘으로 된 지형이 아닙니다. 그러므로
사방에 있는 이웃 나라들이 감히 엿볼 마음을 먹지 못하고 다만 받들
어 섬기기를 원하고 있습니다. 그러므로 왕은 응당 굉장한 기세와 호

* 국수는 장기와 바둑 따위에서 그 실력이 한 나라에서 으뜸가는 사람.

화로운 차림으로 남들이 듣고 보기에 두렵게 하셔야 할 것입니다. 그런데 안팎 성들을 수축하지 않았고 궁실들을 수리하지 않았으며 선왕의 해골이 벌판에 묻혀 있습니다. 또 백성들의 집이 강물에 허물어지니, 내 생각으로 이는 대왕으로서 하실 일이 아니라고 생각하옵니다."

왕이 말했다.

"좋다! 내가 그리하겠다."

이에 나라 사람들을 모조리 징발하여 흙을 구워 성을 쌓고 그 안에는 궁실, 누각, 정자들을 지으니 웅장하고 화려하지 않은 것이 없었다. 또 욱리하에서 큰 돌을 캐다가 돌곽을 만들어 아버지의 유골을 장사하고, 강을 따라 둑을 쌓아서 사성 동쪽에서 숭산 북쪽까지 닿게 하였다.* 이로 말미암아 창고들이 텅 비고 백성들이 곤궁해져서 나라가 위태함이 이를 데 없었다.

그제야 도림이 도망을 쳐 고구려로 돌아가서 장수왕에게 실정을 알리니, 왕이 기뻐하여 백제를 치려고 장수들에게 군사를 나누어 주었다. 근개루가 이 말을 듣고 아들 문주에게 말했다.

"내가 어리석고 총명하지 못하여 간사한 자의 말을 믿다가 이 지경에 이르렀다. 백성들이 살기 어려워지고 군사가 약하니 아무리 위급한 일이 있은들 누가 기꺼이 나를 위하여 힘들여 싸우려 하겠느냐. 나는 당연히 나라를 위하여 죽어야 하지만, 너는 여기 있다가 함께 죽어도

* 욱리하, 사성, 숭산은 경기도에 있는 지명들이다.

부질없는 일이니, 난리를 피하여 왕통을 잇도록 하여라."

곧 문주가 목협만치와 조미걸취 등을 데리고 남쪽으로 떠났다.

이때 고구려의 대로(벼슬 이름)인 제우, 재증걸루, 고이만년 등이 군사를 거느리고 북쪽 성에 와서 이레 만에 함락시켰다. 그 뒤에 남쪽 성으로 옮겨 와서 공격하자 성안이 위험하게 되고 왕은 도망하였다.

죄를 짓고 고구려로 망명한 장수 재증걸루, 고이만년 등이, 도망가던 왕을 보고 말에서 내려 절을 하고, 왕의 낯을 향하여 세 번 침을 뱉었다. 그리고 죄목을 따진 다음 아차성 밑으로 묶어 보내어 왕을 죽였다.

—《삼국사기》

❖ 고구려 제20대 장수왕 거련이 군사를 거느리고 백제의 한성을 공격한 것은 475년의 일이다. 이때 장수왕은 한성을 함락하고 백제의 개로왕(백제 21대 임금. 근개루왕이라고도 한다)을 죽였으며 백성 8천여 명을 포로로 사로잡아 가지고 돌아갔다고 한다.

위기를 겨우 피하여 남쪽으로 달아난 개로왕의 아들 문주는 그해에 아버지의 뒤를 이어 왕위에 올라 도성을 웅진(지금의 충남 공주)으로 옮겼다. 웅진이 백제의 도성이 된 것은 바로 이때부터다.

온달과 평강공주

  온달은 고구려 평강왕* 때 사람이다. 그는 용모가 여위고 허름하여 우습게 보였으나 마음은 순박하였다. 집안이 몹시 가난하여 언제나 밥을 빌어 어머니를 봉양하였으며, 떨어진 옷과 낡은 신을 걸치고 저잣거리를 왔다 갔다 하였다. 그래서 당시 사람들이 그를 보고 '바보 온달'이라고 하였다.

  평강왕은 어린 딸이 울기를 잘하므로 딸이 울 때마다 농담으로 말하였다.

  "네가 늘 울어서 내 귀를 시끄럽게 하니 커서 분명히 점잖은 사람의 아내는 되지 못할 것이다. 바보 온달에게나 시집을 보내야겠다."

  딸이 나이 열여섯 살이 되어 왕이 상부 고 씨에게 시집을 보내고자 하니, 공주가 왕에게 말하였다.

  "늘 대왕께서 말씀하시기를, 너는 반드시 온달의 아내가 되리라고 하였는데, 오늘 무슨 까닭으로 지난날의 말씀을 바꾸십니까? 보통 사람

---

* 평원왕(고구려 25대 임금)을 평강상호왕이라고도 하였는데, 평강왕이란 그를 말하는 것인 듯하다.

도 거짓말을 하려 하지 않거늘 하물며 임금으로서 거짓말을 할 수 있습니까? '임금은 빈말을 하지 않는다'는 말이 있습니다. 이제 대왕의 명령이 그릇되었으므로 제가 받들 수 없습니다."

왕이 성을 내어 말하였다.

"네가 내 말을 듣지 않는다면 도저히 내 딸이라 할 수 없으니 어찌 한 집에 살겠느냐? 너는 너 갈 데로 가려무나!"

이에 공주가 진귀한 금은 팔찌 수십 개를 손목에 걸고서 대궐 문을 나와 혼자 길을 떠났다. 길에서 웬 사람을 만나 온달의 집을 물어 그의 집까지 찾아갔다. 공주가 온달의 눈먼 늙은 어머니를 보고 앞으로 가까이 가서 절을 하면서 아들이 있는 곳을 물으니 늙은 어머니가 대답하였다.

"내 아들은 가난하고 누추하여 귀인이 가까이할 만한 사람이 못 됩니다. 지금 그대의 냄새를 맡아 보니 꽃다운 향기가 범상치 않으며, 그대의 손을 만져 보니 부드럽기가 솜과 같아 틀림없이 천하에 귀인인가 하나이다. 그런데 누구의 허튼소리를 듣고 여기까지 오셨습니까? 내 자식은 굶주림을 참다 못하여 느릅나무 껍질을 벗기려고 숲속으로 갔으나 아직 돌아오지 않았습니다."

공주가 집에서 나와 산 밑에 이르러서 느릅나무 껍질을 지고 오는 온달을 만났다. 공주가 온달에게 마음에 품은 생각을 이야기하니, 온달이 성을 내어 말하였다.

"여기는 어린 여자들이 다닐 데가 아니니, 분명히 너는 사람이 아니라 여우 귀신일 것이다. 나에게 가까이 오지 말라!"

온달은 그만 돌아보지도 않고 가 버렸다. 공주가 쓸쓸하게 돌아와 사립문 바깥에서 자고 이튿날 아침에 다시 방으로 들어가서 온달 모자에게 자세한 사정을 말하였다. 그러나 온달은 이럴까 저럴까 뜻을 결정하지 못하고 있었는데, 그 어머니가 말하였다.

"내 자식은 지지리 못나서 귀인의 짝이 될 수 없고, 내 집은 몹시 가난해서 아예 귀인이 있을 수 없습니다."

공주가 대답하였다.

"옛사람이 말하기를 '곡식 한 말도 찧어서 함께 먹을 수 있고 베 한 자도 기워서 같이 입을 수 있다'고 하였습니다. 진실로 마음을 함께 할 수 있다면, 어찌 꼭 부귀해진 다음에야 같이 살 수 있겠습니까?"

이에 황금 팔찌를 팔아서 논밭과 집, 노비, 소와 말, 그릇붙이를 사들이니 살림이 완전히 갖추어졌다.

처음 말을 살 때에 공주가 온달에게 말하였다.

"부디 저자 사람의 말을 사지 말고, 나라 말로서 병들고 말라 버리게 된 것을 골라서 값을 치러야 합니다."

온달이 그 말대로 하였다.

공주가 말을 매우 정성스레 먹이니 말이 날로 살찌고 건장해졌다.

고구려에서는 언제나 봄 삼월 삼일마다 낙랑 언덕에 모여서 사냥을 하여 잡은 돼지와 사슴으로 하늘과 산천 신령에 제사를 지냈다. 그날이 되어 왕이 사냥을 나가는데, 여러 신하와 오부(고구려를 형성한 다섯 집단)의 군사들이 모두 따라갔다. 이때 온달이 기르던 말을 타고 따라나섰는데, 온달은 언제나 앞에서 달렸으며 잡은 짐승도 가장 많아서 다른 사람은 그만 한 자가 없었다. 왕이 온달을 불러 성명을 듣고 놀라며 기특하게 여겼다.

이때 중국 후주 무제가 군사를 내어 고구려 요동을 침략하자, 왕이 군사를 거느리고 배산 들판(요동반도)에서 맞받아 싸웠다. 온달이 앞장서서 재빨리 싸워 적병 수십여 명의 목을 베니 모든 군사들이 이 기세를 타고 들이쳐서 크게 이겼다. 전공을 논의할 때에 모두들 온달의 공로가 으뜸이라고 하였다.

왕이 온달을 칭찬하고 감탄하여 말하였다.

"이 사람이 내 사위로다."

왕은 예를 갖추어 온달을 맞아 대형이라는 벼슬을 주었다. 이때부터 왕의 총애와 신임이 더욱 두터워졌으며 그의 위풍과 권세가 날로 성하여졌다.

그 뒤 양강왕*이 왕위에 오르자, 온달이 아뢰었다.

"지금 신라가 우리 한수 북쪽(한강 상류) 지역을 떼 내어 군현을 만들었으므로 백성들이 통분하게 생각하고 있으며 부모의 나라를 잊은 적이 없습니다. 바라옵건대 대왕이 나를 어리석다 여기지 않으시고 군사를 주신다면 한 번 걸음에 우리 땅을 도로 찾겠습니다."

---

* 양원왕(고구려 24대 임금)을 양강상호왕이라고도 하였는데, 양강왕이란 그를 말하는 것인 듯하다. 그런데 왕대의 순서가 역사 기록들과 모순된다. 역사 기록들에는 양원왕의 맏아들이 평원왕으로 되어 있는데 온달전에는 평원왕 다음에 즉위한 왕이 양원왕으로 순차가 뒤바뀌어 있다.

왕이 이를 허락하였다. 온달이 떠날 때에 맹세하였다.

"계립현(지금의 경북 문경)과 죽령(지금의 경북 영주)의 서쪽 지역을 우리 땅으로 되찾지 않으면 돌아오지 않겠습니다."

온달은 출정하여 아단성(지금의 강원 영월로 추정) 밑에서 신라 군사와 싸우다가 날아오는 화살에 맞고 길에서 죽었다.

그를 장사하려 하였으나 관이 움직이지 않으므로 공주가 와서 관을 어루만지면서 말하였다.

"생사가 결판났으니, 아아 돌아가소서!"

그제야 널이 들려 하관을 하였다. 대왕이 이 말을 듣고 매우 슬퍼하였다.

—《삼국사기》

❖ 온달과 평강공주 이야기를 보면, 온달이 마치 6세기에 활동한 실재 인물인 듯 되어 있다. 그러나 많은 면에서 온달 이야기는 역사적 사실에 민간에 전승되는 설화 내용이 덧붙여진 것으로 보인다. 온달은 애국적이며 민중적인 영웅의 형상이다. 그리고 온달 설화에는 당시 사람들의 행복에 대한 진실한 염원도 반영되어 있다.

노래로 연을 맺은 서동과 선화공주

무왕의 이름은 장이다. 그 어머니는 혼자된 여자로* 백제 서울 남쪽 못가에 집을 짓고 살다가 못의 용과 관계해서 그를 낳았다. 어려서 이름은 서동(맛동이라고도 한다)인데, 속이 깊어 헤아리기 어려웠다. 언제나 마[薯]를 캐어 팔아서 생활하였으므로 나라 사람들이 '서동'이라고 이름을 지었다.

신라 진평왕(신라 26대 임금)의 셋째 공주 선화가 아름답기 짝이 없다는 말을 듣고, 서동은 머리를 깎고 신라 서울로 와서 마을 아이들에게 마를 나눠 먹였다. 그런 뒤에 여러 아이들과 친해져서, 동요를 지어 가지고 아이들을 달래서 부르게 하였다. 노래는 이렇다.

선화공주님은

남몰래 얼러 두고

서동님을

* 《삼국사기》에는 무왕이 법왕의 아들이라고 하였고, 《삼국유사》에서는 혼자된 여자의 아들이라고 하였다.

밤이면 몰래 안고 간다.

　동요가 서울 안에 퍼져서 대궐까지 알려졌다. 모든 관리들이 떠들고
나서는 바람에 공주를 먼 지방으로 귀양 보내게 되었는데, 공주가 떠나
려 할 때 왕후가 순금 한 말을 주었다. 공주가 귀양지로 갈 때 서동이 도
중에서 나와 인사를 하고 호위해 주겠다고 했다. 공주는 서동이 어떤 사
람인지는 알지 못하였으나 만나자 그가 마음에 들어서 따라오게 하였
다. 그러다가 서로 좋아진 뒤 그의 이름이 서동임을 알고서 동요가 맞다
고 믿었다. 함께 백제로 와서 왕후가 준 금을 내놓고 살림을 차릴 의논
을 하니 서동이 웃으면서 물었다.
　"이게 무엇이오?"
　"이것은 황금이오. 이 정도면 한평생 부자로 살 수 있소."
　공주가 대답하니, 서동이 말하였다.
　"내가 어려서부터 마를 캐던 곳에는 이런 것을 내버려 쌓인 것이 흙더
미 같소."
　공주가 듣고 크게 놀라면서 말하였다.
　"이것은 천하에 다시없는 보물이오. 지금 당신이 금이 있는 데를 아시
거든 그 보물을 우리 부모님께 보내 드리는 것이 어떻겠소?"
　"좋소."
　서동이 대답하였다. 그래서 금을 모아서 산더미처럼 쌓아 놓고 용화
산 사자사 지명법사에게 가서 금을 실어 보낼 방법을 물었더니 법사가

말했다.

"내가 신통한 힘으로 보낼 수 있으니 금만 가져오시오."

공주가 편지를 써서 금과 함께 사자사 앞에 가져다 놓았더니 법사가 신통한 힘으로 하룻밤 동안에 신라 궁중까지 날라다 놓았다. 진평왕이 이런 신기스러운 일을 기이하게 여겨서 서동을 더욱 존중하고 늘 편지를 보내어 안부를 물었다. 서동이 이 일로 인심을 얻어 왕위에 올랐다.

하루는 무왕이 부인과 함께 사자사로 가는 길에 용화산 아래 큰 못가에 이르니 미륵불 셋이 못 속에서 나타났으므로 수레를 멈추고 치성을 드렸다. 부인이 왕에게 말했다.

"여기다가 큰 절을 짓는 것이 소원이오."

왕이 허락하고 지명법사에게 가서 어떻게 못을 메울지 물었더니 그가 신비스러운 힘으로 하룻밤 동안에 산을 무너뜨려 못을 메워 평지를 만들었다. 이에 미륵불상 셋을 모실 전각과 탑, 행랑채를 각각 세 곳에 따로 짓고 미륵사라는 현판을 붙였다. 진평왕이 여러 장인들을 보내어 도와주었다. 지금까지 그 절이 보존되어 있다.

―《삼국유사》

❖ 백제의 서동이 지었다는 노래 '서동요'에 얽힌 이야기다. 무왕(백제 30대 임금)이 서동이라고 불리던 어린 시절에 신라의 선화공주를 아내로 맞이하기 위해 노래를 지어 불렀다. 서동과 선화공주의 낭만적인 사랑 이야기로 공주의 진취성과 생활력이 잘 나타나 있다.

그리고 미륵이 하늘에서 내려온 것이 아니라 연못에서 솟아 나왔다는 점이 특이한데, 이는 전쟁의 패배로 지친 백성에게 희망을 주고자 한 것으로 보인다.

살수대첩의 을지문덕

을지문덕의 집안 내력은 자세하지 않다. 그는 성질이 침착하고 용맹스러우며 지혜와 재주가 있었고 아울러 글을 지을 줄 알았다.

중국 수나라 양제가 조서를 내려 고구려를 치려고 하였다. 좌익위 대장군 우문술은 부여 방면으로 나오고 우익위 대장군 우중문은 낙랑 방면으로 나와서 9군과 함께 압록강까지 쳐들어왔다. 을지문덕이 왕의 명령을 받들고 적진으로 가서 항복하는 체하였으나 사실은 그들의 내부 사정을 탐지하려는 것이었다.

우문술과 우중문은 처음부터 양제의 비밀 지시를 받았는데, 왕이나 을지문덕을 만나기만 하면 잡으라는 것이었다. 우중문 등이 을지문덕을 잡아 두려 하였는데, 상서우승 유사룡이 위무사(벼슬 이름)로 있으면서 을지문덕을 잡지 말라고 굳이 말려 그의 의견을 따랐다. 하지만 그들은 을지문덕을 돌아가게 하고는 깊이 후회하여 사람을 보내어 을지문덕에게 속여서 말하였다.

"다시 의논할 일이 있으니 한 번 더 오라."

그러나 을지문덕은 돌아보지도 않고 그냥 압록강을 건너왔다. 우문술과 우중문은 을지문덕을 놓친 뒤에 속으로 불안해하였다. 우문술은 군량이 떨어졌다 하여 돌아가려는데, 우중문은 정예 군사로 을지문덕을 뒤쫓으면 공을 세울 수 있다고 생각하였다. 우문술이 말리니, 우중문이 성을 내어 말하였다.

"장군이 십만 대군을 거느리고 와서 조그마한 적도 깨뜨리지 못한다면 무슨 면목으로 황제를 뵈옵겠는가?"

우문술이 마지못하여 그 말을 좇아 압록강을 건너서 을지문덕을 쫓았다. 을지문덕은 수나라 군사가 굶주린 기색이 있음을 보고 그들을 지치게 하려고 싸울 때마다 져서 달아났다. 우문술은 하루 동안에 일곱 번을 싸워서 다 이겼다.

그들은 이미 잦은 승리에 뱃심이 생겼고 또한 여러 사람의 의논에 못 이겨서 드디어 동쪽으로 내몰아 살수를 건너 평양성* 30리 밖에서 산을 지고 진을 쳤다. 을지문덕이 우중문에게 시를 보내어 일렀다.

신기한 술책은 천문을 다 알았고

묘한 계교는 지리를 통달했도다.

싸움을 이겨 세운 공도 장하거니

만족을 알아차려 그만둠이 어떠리.

* 침략군이 공격한 평양성은 오늘의 평양이 아니라 봉황성을 말한다. 봉황성은 7세기 초 수나라 침략 당시 고구려의 부수도였다.

우중문이 회답을 보내어 을지문덕을 타일렀다. 을지문덕이 또 사신을 보내어 항복하는 체하고 우문술에게 말하였다.

"군사를 거둔다면 틀림없이 왕을 모시고 황제가 계신 곳으로 가겠다."

우문술은 군사들이 지치고 기운이 다하여 다시 싸울 수 없다고 생각하였고, 고구려 성은 지형이 험하고 수비가 튼튼하여 쉽사리 빼앗기는 어렵다고 판단하였다. 그리하여 거짓 항복이라도 받은 김에 돌아가기를 결정하고 방어진을 만들며 행군하였다.

이때 을지문덕이 군사를 출동하여 사방에서 세차게 들이치니 우문술 등이 한편 싸우며 한편 쫓겨 갔다. 그들이 살수에 이르러 군사가 절반 건너갔을 때 을지문덕이 군사를 몰아 뒤로 적의 후군을 쳐서 우둔위 장군 신세웅을 죽였다. 이에 모든 적군이 한꺼번에 허물어져 걷잡을 수가 없었다. 9군 장졸이 도망하여 돌아가는데, 하루 낮 하룻밤 사이에 사백오십 리를 걸어서 압록강까지 갔다.

처음 요수를 건너올 때에는 군사가 삼십만 오천 명이었는데 요동성에 돌아갔을 때는 다만 이천칠백 명뿐이었다.

수 양제의 요동 전쟁은 군사를 출동시킨 규모에서 유례를 찾아볼 수 없이 굉장하였다. 하지만 고구려가 그를 막아서 자기 땅을 지켰을 뿐만 아니라 그들을 거의 다 없애 버린 것은 을지문덕 한 사람의 힘이었다.

중국 역사책 《춘추좌전》에 이르기를, "군자가 없으면 어찌 나라 노릇을 할 수 있으랴?" 하였으니 과연 그렇다!

—《삼국사기》

❖ 을지문덕 장군은 6세기 말에서 7세기 초에 우리나라를 침략해 오던 수나라 침략자들을 물리치며 당시 고구려인들을 단합 궐기시켰다. 612년 7월에 벌어진 살수대첩에서 수나라 군을 무찔러 나라를 지켰다.

이 이야기는 그리 길지 않지만 을지문덕 장군의 충성심과 애국심, 능숙하고 뛰어난 전략 전술이 잘 그려져 있으며, 그의 형상이 생동하게 드러나 있다.

백제는 둥근달, 신라는 초승달

백제의 마지막 왕인 의자는 곧 무왕의 맏아들이다. 영웅스럽고 용맹하여 담력이 있었으며 부모 섬기기를 효도로 하고 형제간에 우애가 있어 당시 '해동증자'라고 불렸다. 그러나 의자왕은 왕위에 오르자 술과 여자에 빠져, 정사가 거칠고 나라가 위태하였다. 좌평 성충이 극진히 간하였으나 왕은 듣지 않고 그를 옥에 가두었다.

성충이 옥에서 몸이 파리해져서 거의 죽게 되자 왕에게 글을 올려 말했다.

"충신은 죽어도 임금을 잊지 않는 것이니 한마디 말씀을 사뢰고 죽겠습니다. 내가 일찍이 시국의 변화를 살펴보옵건대 반드시 전쟁이 있을 것으로 생각됩니다.

무릇 군사를 쓰는 데는 지세를 잘 살펴서 택해야 하니 상류에 자리를 잡고 적을 맞으면 나라를 보전할 수 있을 것입니다. 만약 다른 나라 군사가 오거든 육로로는 탄현*을 통과하지 못하게 하며, 수군은 기

---

*탄현을 침현이라고도 하니 백제의 요충지다.

벌포*에 들어오지 못하게 해야 할 것입니다. 그리고 험준한 곳에 의거하여 방어해야만 견딜 수 있습니다."

그러나 왕은 성충의 충고에 관심을 갖지 아니하였다.

의자왕 19년(659)에 백제의 오회사에 크고 붉은 말이 나타나 밤낮 여섯 시간 동안 절을 돌다가 가버렸다. 이월에는 여우 무리가 의자왕의 궁 안에 들어왔는데, 흰 여우 한 마리는 좌평의 책상 위에 올라앉았다. 사월에는 태자궁의 암탉이 작은 참새와 흘레를 붙었다. 오월에는 사비 강독에 큰 고기가 나와 죽었는데, 길이가 세 길이나 되고 그것을 먹은 사람은 모두 죽었다. 구월에는 대궐 뜰에 있는 홰나무가 사람이 곡하는 것같이 울었으며 밤에는 대궐 남쪽 한길 위에서 귀신이 울었다.

20년 이월에 서울의 우물물이 핏빛으로 되었고, 서쪽 바닷가에 조그마한 물고기들이 나와 죽었다. 백성들이 물고기를 이루 다 먹지 못하였으며, 사비 강물이 핏빛이 되었다. 사월에는 청개구리 수만 마리가 나무 위에 모였는데 서울 사람들이 무엇이 잡으러 오는 것같이 까닭 없이 놀라 달아났다. 이때 엎어져 죽은 자가 백여 명이나 되고 재물을 잃은 사람은 수없이 많았다. 유월에는 왕흥사 중들이 배 같은 것이 큰 물결을 따라서 절 문으로 들어오는 것을 모두가 보았다. 그런데 사슴만 한 큰 개가 서쪽에서 사비 강변으로 와서 왕궁을 향하여 짖더니 별안간 사라져 간 곳을 몰랐다. 또 도성 안의 뭇 개가 길바닥에 모여서 더러는 짖고

---

* 기벌포는 지금의 금강 하구를 이르며 장암이니 손량, 지화포, 백강이라고도 한다.

더러는 울기도 하다가 얼마 뒤 흩어졌다. 그리고 귀신 하나가 대궐 안에 들어와서 크게 외쳤다.

"백제는 망한다! 백제는 망한다!"

그러고는 곧 땅속으로 들어갔다. 의자왕이 이상하게 생각하여 사람을 시켜 땅을 파게 하였더니, 석 자 되는 깊이에서 거북 한 마리가 나왔는데 등에 글이 쓰여 있었다.

"백제는 둥근달이요, 신라는 초승달과 같다."

왕이 무당에게 물으니, 무당이 이렇게 답하였다.

"둥근달이라 함은 달이 다 찼다는 것을 말함이니 가득 차면 이지러지는 법입니다. 초승달과 같다는 것은 아직 차지 못했다는 것을 말함이니 가득 차지 못한 것은 점점 차게 될 것입니다."

그 말을 듣고 왕은 성을 내어 그를 죽였다.

어떤 자가 말하였다.

"둥근달이란 융성한다는 뜻이며, 초승달과 같다는 것은 미약하다는 것입니다. 생각건대 우리나라는 융성하여지고 신라는 차츰 쇠하여 간다는 것인가 합니다."

이 말을 듣고 의자왕이 기뻐하였다.

—《삼국유사》

❖ 성충과 관련된 이야기는 실제 역사적 사실이었다고 여겨진다. 설화의 뒷부분에 마치 백제의 멸망을 예고하는 듯한 여러 이야기들은 대부분 실제로 있었던 일이라고 보기 어

렵다. 살아가기 힘들고 희망을 찾을 수 없었던 암담한 사회적 현실에서 백성들 사이에 널리 퍼진, 앞일에 대한 예언적 성격의 설화들이었다고 볼 수 있다.

그러나 역사가들은 그것을 마치 꼭 역사적 사건인 듯 문헌들에 기록하였는데, 여기에 보인 설화들은 《삼국유사》뿐 아니라 이른바 정확한 사실의 역사를 중심으로 썼다는 김부식의 《삼국사기》에도 대체로 같은 내용을 그대로 적고 있는 것을 볼 수 있다.

백제 마지막 장군 계백

계백은 백제 사람이며 벼슬이 달솔에 이르렀다.

당나라 고종이 소정방을 신구도 대총관으로 삼아 군사를 거느리고 바다를 건너 신라와 함께 백제를 치도록 하였다.

이때 계백이 장군으로 결사대 오천 명을 뽑아서 당나라 군사들을 막았다. 그가 말하였다.

"한 나라의 군사로 당나라와 신라의 대병을 부딪치게 되었으니 나라의 존망을 알 수 없도다. 내 처자가 사로잡혀서 노비가 될까 염려되니 살아서 치욕을 당하는 것보다 차라리 깨끗이 죽는 것이 나을 것이다."

마침내 처자식을 모두 죽였다.

계백은 황산벌(지금의 충남 논산)에 이르러 세 개의 진을 치고 있다가 신라 군사를 만나 싸우려 할 때에 군사들에게 맹세하였다.

"옛날에 월나라 왕 구천*이 오천 군사로 오나라의 칠십만 대군을 크게 물리쳤었다. 그러니 오늘 우리는 저마다 분발하여 승리를 거둠으로

* 구천은 중국 춘추시대, 곧 기원전 5세기 무렵의 월나라 왕이다. 그는 오나라와 싸워 크게 진 뒤 십 년 만에 다시 싸워 원수를 갚고 오나라를 멸망시켰다.

나라의 은혜를 보답해야 할 것이다."

마침내 악전고투하여 한 사람이 천 사람을 당해 내자 신라 군사가 그만 물러났다. 이렇게 공격과 퇴각을 네 번이나 하며 싸우다가 결국 힘이 다하여 죽었다.

—《삼국사기》

❖ 계백은 성충과 흥수와 더불어 백제 3충신으로 당나라와 신라 연합군이 백제를 침략할 때 가족의 목숨까지 버리면서 충성을 지킨 장군이다. 군사 오천 명으로 대군과 싸워네 번 모두 승리를 거두었다. 그러나 관창과 같은 화랑의 죽음으로 사기가 오른 신라군을 대적하기에는 역부족이었다. 절체절명의 국가 위기에 나라를 위해 충성을 다한 영웅으로 지금까지 칭송받고 있다.

떨어져서 죽은 바위

《백제고기》에 이렇게 이르고 있다.

"부여성 북쪽 귀퉁이에 큰 바위가 있는데, 그 아래는 바로 강물과 만난다. 예부터 전하기를 의자왕이 여러 궁녀들과 함께 최후를 면치 못할 줄을 알고 서로 말하였다.

'차라리 스스로 죽을지언정 남의 손에는 죽지 말자.'

그리고 서로 이끌고 이곳에 와서 강물에 몸을 던져 죽은 곳이라 한다. 이 때문에 세상에서는 이 바위를 불러 '타사암'이라 한다."

이는 잘못 전해지고 있는 속설이니, 궁녀들은 여기에서 떨어져 죽었으나, 의자왕은 당나라에 가서 죽었다는 것이 중국의 역사책 《당사》에 명백히 쓰여 있다.

—《삼국유사》

❖《백제고기》는 백제의 역사를 기록한 책으로, 누가 썼는지 알려지지 않았고, 현재 전하지 않는다.

　이 이야기는 유명한 백제의 낙화암 전설이다. 이 전설이 어느 때 생겨났는지는 잘 알 수 없으나 고려 때 퍽 널리 퍼져 있었다는 것은 고려 문인들의 여러 기록과 작품들을 통하여 명백히 알 수 있다.

전설의 주인공들은 조국과 운명을 같이하고, 외래 침략자들에 굴복하지 않으려 했다. 이 이야기는 오랫동안 우리나라 사람들의 사랑을 받았다.

망부석과 정읍사

정읍현에서 북으로 십 리쯤 나가면 망부석이 있다.

옛날 정읍현의 어떤 사람이 장사하러 집을 떠난 지 오래도록 돌아오지 않았다. 그의 아내가 남편을 마중하러 나가서 그 바위 위에 올라가 멀리 바라보곤 하였다고 한다. 아내는 남편이 혹시 밤길을 걷다가 무슨 해를 입지나 않을까 걱정하여, 진흙탕 물의 더러움에 의탁하여 노래를 지었다고도 한다. 그 곡 이름을 '정읍사'라 한다.

세상에 전하기를, 고개에 올라 남편 오기를 기다리며 바라보았다는 그 바위 위에는 아직도 사람의 발자국이 남아 있다고 한다.

─《동국여지승람》

❖ 우리 민족 설화 가운데에는 망부석과 관련된 민간설화가 꽤 많아 나라 곳곳에 전해지고 있다. 여기 소개한 것은 유명한 백제 가요 '정읍사'의 작가와 관련되어 있는 '망부석 전설'이다.

전설의 주인공이 불렀다는 '정읍사'는 다음과 같다.

둘하 노피곰 도도샤

어긔야 머리곰 비취오시라.

어긔야 어강됴리

아으 다롱디리.

져재 녀러신고요.

어긔야 즌 디롤 드디욜셰라.

어긔야 어강됴리.

어느이다 노코시라.

어긔야 내 가논 디 졈그롤셰라.

어긔야 어강됴리

아으 다롱디리.

3부

거센 물결을 잠재우는 젓대

가배의 유래와 회소곡

신라 유리이사금 9년(32) 봄에 여섯 부의 이름을 고치고 성을 주었다.*

왕이 이미 여섯 부를 정하고 나서 두 편으로 나누고 두 왕녀를 시켜 저마다 부내의 여자들을 거느리게 하였으며 패를 갈라 편을 만들었다. 칠월 열엿새부터 날마다 새벽에 큰 부의 뜰에 모여 길쌈을 하되 밤 열시쯤에 끝내게 하였다.

팔월 십오일에 이르러 길쌈을 얼마나 했는지를 살펴, 진 편에서 술과 음식을 차려서 이긴 편에게 사례하였다. 여기서 노래와 춤과 온갖 오락이 다 벌어졌으니 이것을 '가배'라고 하였다.

이때 진 편에서 한 여자가 일어나 춤을 추면서 탄식하는 소리로 노래를 불렀다.

"회소! 회소!"

그 소리가 매우 슬프고도 청아하여 뒷날 사람들이 이에 따라서 노래

---

* '혁거세와 알영'의 주석(이 책의 35쪽) 참조할 것. 여섯 부 가운데 양산촌은 양부로 하고 성은 이로, 고허촌은 사량부로 하고 성은 최로, 대수촌은 점량부로 하고 성은 손으로, 진지촌은 본피부로 하고 성은 정으로, 가리촌은 한기부로 하고 성은 배로, 고야촌은 습비부로 하고 성은 설로 하였다.

를 짓고 이름을 '회소곡'이라고 하였다.

—《삼국사기》

❖ 가배는 우리 오랜 민족 명절로, 이 이야기는 그 유래가 오랜 고대에 있음을 말하여 준다. '가위', '추석'이라고 부르는 한가위가 여기서 비롯되었다. '회소곡'은 현재 우리에게 전하지 않으나 대체로 고대 노동가요의 격조를 가진 민요였을 것이다. '회소'는 '아소(아소서, 知)'로 추측하거나 '모이소(集)'로 풀이하기도 한다.

유리이사금(신라 3대 임금) 때에는 '도솔가'라는 노래도 만들어졌다. 이 노래들은 아직 부르는 그대로 적을 수 없는 조건에서 수없이 창조되어 입에서 입으로 전해지다가 그 뒤 흩어져 알 수 없게 되었다. 이 두 작품은 이 시기의 가요 중에서 다행히 이름만이라도 전해진 고대가요들이다.

연오랑과 세오녀

아달라이사금(신라 8대 임금) 4년(157)에 동해 바닷가에 연오와 세오 부부가 살고 있었다.

하루는 연오가 바다에 나가서 미역을 따는데 문득, 바위(또는 물고기) 하나가 나타나더니 그를 태우고 왜로 가 버렸다. 그 나라 사람들이 연오를 보고 말하였다.

"범상치 않은 인물이다."

그리고 연오를 올려 세워 왕으로 삼았다.

남편이 돌아오지 않자, 세오가 이상히 여겨 나가서 찾다가 남편이 벗어 놓은 짚신을 보고 역시 그 바위 위에 올라갔다. 그랬더니 바위가 전과 같이 세오를 싣고 왜로 갔다. 그 나라 사람들이 놀랍고 이상하여 왕에게 아뢰니, 부부가 서로 다시 만났으며 세오를 왕비로 삼았다.

이때 신라에서는 해와 달이 빛을 잃었다. 천문을 맡은 관리가 왕에게 아뢰었다.

"우리나라에 내려와 있던 해와 달의 정기가 지금은 왜로 가 버렸기 때문에 이러한 괴변이 일어났습니다."

왕이 사신을 보내서 두 사람을 찾았더니, 연오가 말하였다.

"내가 이 나라에 온 것은 하늘이 시킨 것이라, 이제 어찌 돌아가겠소? 그러나 왕비가 짜 둔 고운 명주 비단이 있으니 이것을 가져다가 하늘에 제사 지내면 좋을 것이오."

그리고 사신에게 비단을 내주었다. 사신이 돌아와서 왕에게 보고하고 그의 말대로 하늘에 제사를 올렸더니, 해와 달이 예전대로 되었다.

그 비단을 임금의 창고에 간직하여 국보로 삼고 창고를 '귀비고'라고 하였으며 하늘에 제사 지낸 곳은 '영일현' 또는 '도기야'라고 하였다.

—《삼국유사》

❖ 연오랑과 세오녀 이야기는 상당히 오래전에 창조된 고대 설화이다. 《수이전》에도 대체로 비슷한 내용이 실려 있다. 이 설화는 영일만 전설과도 관련되어 있다.

이 설화에는 고대 신라 백성들의 해외 진출과 일본 사람들의 정치 문화적 발전에 준 우리 고대 사람들의 영향이 반영되어 있다.

댓잎 군사

신라 미추이사금은 김알지의 7대손이다. 왕위에 오른 지 23년 만에 죽었고, 능은 흥륜사 동쪽에 있었다.

유리이사금(신라 14대 임금) 때에 이서국 사람이 와서 금성을 공격하여 신라에서도 크게 군사를 내어 막았으나 오래 버티기 어려웠다.

그때 홀연 이상한 병사들이 와서 돕는데 모두 댓잎을 귀에 꽂고 신라 군사와 함께 힘을 합쳐 적을 무찔렀다.

적군이 물러간 뒤에는 모두 어디로 갔는지 알 수가 없었다.

다만 댓잎들이 미추 왕릉 앞에 쌓여 있음을 보고 비로소 선왕의 숨은 도움 덕분이었음을 알게 되었다. 그 뒤로 이 왕릉을 '죽현릉'이라 하였다.

—《삼국유사》

❖ 어떤 초자연적인 존재나 신령스러운 물건에 의하여 나라가 특별한 보호를 받고 있다는 국가 신성화 사상을 반영한 설화이다.

죽은 미추이사금(신라 13대 임금)의 은덕으로 그가 보내 준 댓잎 군사의 도움을 받아 신라가 외적의 침략을 당한 아주 위급한 지경에서 무사히 벗어나 나라를 보존할 수 있었다는 것이다.

이서국은 경북 청도 일대에 있던 성읍 국가로 신라가 초기에 복속하였다.

박제상*과 아내

나밀왕(신라 17대 임금)이 왕위에 오른 지 36년(390)에 왜왕이 사신을 보내 청했다.

"우리 임금이 대왕이 어지시다는 말씀을 듣고 신 등을 시켜 백제가 지은 죄를 대왕에게 아뢰게 하는 것입니다. 바라건대 대왕은 왕자 한 명을 보내어 우리 임금에게 성의를 표시하여 주시옵소서."

이에 왕이 셋째 아들 미해를 시켜 왜를 예방케 하였다. 미해는 그때 나이가 겨우 열 살이라 아직 말이나 행동이 익숙하지 못하였기 때문에 신하 박사람을 부사로 삼아 보냈다. 간교한 왜왕이 그들을 잡아 두고 삼십 년 동안이나 돌려보내지 않았다.

눌지왕(신라 19대 임금) 3년(419)에 고구려 장수왕이 사신을 보내와서 말하였다.

"우리 임금이 대왕의 아우 보해가 지혜와 재주가 빼어나다는 말을 듣고 서로 사귀기를 원하시어, 특별히 소신을 보내어 간청합니다."

---

* 《삼국유사》에는 그의 이름을 '김제상'이라 하고 있으나 《삼국사기》와 다른 문헌에서 흔히 '박제상'으로 쓰고 있으므로 여기서도 그에 따랐다.

왕이 이 말을 듣고 매우 다행스럽게 생각하여 화친을 맺고자 아우 보해에게 명해서 고구려에 가게 하였다. 신하 김무알을 보좌로 삼아 같이 보냈다.

그랬더니 장수왕도 보해를 잡아 두고 보내지 아니하였다.

10년(426)에 이르러 눌지왕이 여러 신하와 나라 안의 용기와 기개가 뛰어난 사람을 모아 놓고 친히 잔치를 베풀었다. 술잔을 세 차례 돌리자 음악이 울려 나오는데, 왕이 눈물을 흘리며 여러 신하에게 말하였다.

"옛날 선왕께서 진정으로 나랏일을 생각하여 사랑하는 아들을 왜까지 보내셨다가 간사한 왜놈들의 계책으로 아들을 보지 못한 채 세상을 떠나셨다. 또 내가 임금 자리에 오른 뒤로 이웃 나라 군사들이 매우 강성해져서 전쟁이 쉴 사이 없었다. 그런데 오직 고구려가 화친을 맺자고 하므로 내가 그 말을 믿어 친아우를 고구려에 보냈는데, 고구려가 또한 그를 잡아 두고 돌려보내지 않고 있다. 내가 아무리 부귀를 누린다고 해도 일찍이 하루도 그들을 잊어버리거나 눈물을 흘리지 않은 날이 없었다. 그 두 아우를 다시 만나게 된다면 나라 사람들에게 은혜를 갚을 터이니 누가 이 일을 도모해서 성공할 수 있겠는가?"

이때 모든 신하가 다 같이 아뢰었다.

"이 일이 진실로 쉬운 일이 아닌 만큼 반드시 지혜와 용맹이 있는 사람이라야만 될 것입니다. 신하들의 생각에는 삽라군(지금의 경남 양산) 태수 박제상이 적임이라 생각됩니다."

이에 왕이 그를 불러들여 뜻을 물으니 박제상이 대답하였다.

"신이 들으니, '임금이 걱정을 하게 되면 신하에게 욕이 되는 것이며, 임금이 욕을 보게 되면 신하는 죽어야 한다' 하였습니다. 일의 어려움과 쉬움을 가려서 실행한다면 그것은 충성스럽지 못하다고 할 것이며, 죽고 사는 것을 따져 본 뒤에 행동한다면 그것은 용맹스럽지 못하다고 할 것입니다. 신이 비록 변변치 못하오나 명령을 받들어 따르겠습니다."

눌지왕이 대단히 기뻐하여 잔을 나누어 술을 마시고 손을 잡으며 헤어졌다.

박제상은 임금 앞에서 명령을 받아 바로 북해 길을 달려가 복장을 바꾸고 고구려에 들어갔다. 보해가 있는 곳을 찾아가서 함께 도망할 날짜를 약속하고 먼저 오월 십오일에 고성 바닷가에 돌아와서 기다렸다.

약속한 날이 닥쳐오자 보해는 병을 핑계하여 며칠 동안 조회에 나가지 않다가 마침내 밤중에 도망해서 고성 바닷가에 이르렀다. 고구려 왕이 이것을 알고 사람 수십 명을 시켜 그를 뒤쫓아 고성까지 와서야 따라잡았다. 그러나 보해가 고구려에 있을 때에 항상 자기 주위 사람들에게 은혜를 베풀었으므로 군사들이 그를 매우 동정하였다. 그래서 군사들이 모두 활촉을 빼어 버리고 활을 쏘았기에 보해는 마침내 무사히 빠져서 돌아왔다.

눌지왕이 보해를 만나고 보니 미해 생각이 더 간절하여 한편 기쁘고도 한편 슬퍼서 눈물을 흘리며 주위 신하들에게 말하였다.

"마치 한 몸뚱이에 한쪽 팔만 있고, 한 얼굴에 한쪽 눈만 있는 것 같아서 비록 하나는 얻었으나 또 하나가 없으니 어찌 아프지 않으랴?"

이때 박제상이 이 말을 듣고 다시 왕에게 절하여 하직한 후 말을 타고 집에도 들르지 않은 채 곧바로 율포(지금의 경남 울산) 바닷가에 이르렀다. 그의 아내가 그 소식을 듣고 말을 달려 율포까지 쫓아갔으나, 남편은 이미 배에 오른 뒤였다. 아내는 눈물을 쏟으며 간절히 불렀으나 박제상은 다만 손을 흔들 뿐 배를 멈추지 않았다. 박제상이 왜에 가 닿아 속임수로 말하였다.

"계림 왕이 죄 없이 내 아버지와 형을 죽였기로 도망하여 여기에 왔습니다."

왜왕이 이 말을 믿고 박제상에게 집을 주어 편히 거처하게 하였다. 그 뒤로 박제상이 항상 미해를 모시고 바닷가에 나가서 놀았다. 그리고 물고기와 새를 잡아서 번번이 왜왕에게 바치니 왕은 매우 기뻐하고 그를 의심치 아니하였다.

마침 어느 날 새벽안개가 자욱이 낀 때를 타서 박제상이 미해에게 말하였다.

"지금이 바로 도망할 때입니다."

그러자 미해가 말했다.

"그러면 같이 갑시다."

박제상이 말하였다.

"만약 신이 간다면 왜인이 알고서 쫓아올 것입니다. 나는 여기에 머물러서 저들이 뒤쫓지 못하게 막으리이다."

미해가 말하였다.

"지금 나에게 그대는 아버지나 형과 마찬가지인 터에 어찌 그대를 버리고 나 혼자만 돌아가겠소?"

그러자 박제상이 대답했다.

"신은 왕자의 생명을 구하여 대왕의 마음을 위로한다면 그것으로 만족하오니 어찌 살기를 바라오리까?"

그리고 술을 따라 미해에게 올렸다. 이때 계림 사람 강구려가 왜국에 와 있었는데 그를 시켜 미해를 따라가게 하였다. 그리고 박제상이 미해의 방에 들어가 이튿날 아침까지 있었다. 좌우의 왜인들이 들어와 보려고 하니 박제상이 나와서 막으며 말했다.

"어제 사냥하다가 병이 나서 일어나지 못한다."

해가 기울어 저녁때가 되자 좌우 사람들이 괴이쩍게 여겨 또다시 물으니 그제야 이렇게 말하였다.

"미해 왕자가 간 지 이미 오래다."

그들이 급히 달려가 왜왕에게 일러바치니, 왕이 말 탄 군사를 시켜 그를 뒤쫓게 하였으나 따라잡지 못하였다. 이에 왜왕이 박제상을 잡아 가두고 죄를 물었다.

"네가 어찌하여 몰래 네 나라 왕자를 빼돌렸느냐?"

박제상이 대답하였다.

"나는 계림의 신하요, 왜의 신하는 아니다. 나는 우리 임금의 뜻을 이루고자 할 뿐이니 구태여 그대에게 더 무엇을 말하랴."

왜왕이 성이 나서 말했다.

"네가 이미 내 신하가 되었는데 그러면서 어찌 계림의 신하라고 하느냐? 갖은 형벌을 주어야 마땅하겠지만 네가 왜의 신하라고만 말한다면 반드시 높은 벼슬로 상을 주리라."

박제상은 말하였다.

"차라리 계림의 개나 돼지가 될지언정 왜의 신하는 되지 않겠다. 차라리 계림의 매를 맞을지언정 왜국의 벼슬이나 녹은 받지 않겠다."

왜왕이 박제상의 발바닥 가죽을 벗기게 하고 갈대를 벤 그루터기 위를 달리게 하였다*. 왜왕이 다시 물었다.

"네가 어느 나라 신하냐?"

박제상이 여전히 이렇게 대답했다.

"나는 계림 신하다!"

왜왕은 더 노발대발하여 다음은 뻘겋게 단 쇠 위에 세워 놓고 물었다.

"어느 나라 신하냐?"

"계림 신하다!"

박제상은 역시 같은 대답을 하였다. 왜왕은 그가 굴복하지 않을 것을 알고 목도라는 섬에서 불에 태워 죽였다.

미해는 바다를 건너와서 먼저 강구려를 시켜 나라 안에 소식을 알렸다. 눌지왕이 너무도 기쁘고 놀라워서 모든 관리에게 굴헐역에 나가 마중하

---

* 지금도 갈대 위에 핏자국이 있는 것을 '제상의 피'라고 한다.

도록 하였다. 왕은 친아우 보해와 함께 남쪽 교외에 나와 미해를 맞이하고, 대궐로 돌아와서 잔치를 베풀고 전국에 사면령을 내렸다. 박제상의 아내를 '국대부인'으로 책봉하고 그 딸을 미해 공의 부인으로 삼았다.

처음에 박제상이 떠나갈 때에 부인이 소식을 듣고 쫓아갔으나 따라잡지 못하고 망덕사 문 남쪽 모래밭 위에 넘어져 길게 울부짖었다. 이로 인하여 그 모래터를 '장사'(길게 통곡하는 모래터)라고 이름하였다.

친척 두 사람이 부인의 양쪽 겨드랑을 부축하여 돌아오려고 하니 부인이 다리를 뻗쳐 일어서지 않으려 했다. 그래서 그 고장 이름을 '벌지지'(버티고 있는 땅)라고 하였다.

얼마 뒤에 부인이 남편에 대한 그리움을 못 이겨 세 딸을 데리고 치술령* 위에 올라가 왜를 바라보며 통곡하다가 죽었다. 마침내 그가 치술령 신모가 되었다고 하는데, 지금도 그곳에는 박제상 부인의 사당이 있다.

—《삼국유사》

❖ 박제상에 관한 이야기는 우리 옛사람들의 꺾이지 않는 강직함과 헌신, 희생정신을 이해하는 데 주요한 의의를 가진다.

박제상은 조국을 위하여 적의 나라에서 홀로 끝까지 굴하지 않고 갖은 유혹과 무서운 고문을 이겨 내면서 용감하게 싸웠다. 죽음까지도 그의 굳건한 애국정신을 굴복시키지 못했다. 애국정신, 조국과 맡은 일에 대한 충실성, 헌신성 그리고 옳은 것을 위하여 싸우

* 치술령은 경주 동남쪽 30여 리 밖에 있는 고갯마루 이름.

는 인간의 완강함과 강직함 등이 잘 표현되어 있다. 특히 왜왕의 혹독한 악형과 싸워서

이겨 낸 이야기는 많은 이들의 사랑을 받았다.

약밥의 유래

신라 비처왕이 즉위 10년(488)에 천천정에 행차하였다. 이때에 까마귀와 쥐가 와서 우는데 쥐가 사람 말로 일렀다.

"이 까마귀가 가는 곳을 찾아가 보십시오."

또는 신덕왕(신라 53대 임금)이 홍륜사로 분향하러 가다가 길에서 여러 마리 쥐가 꼬리를 맞물고 있었다고도 한다. 돌아와서 괴이하게 생각하여 점을 쳐 보니 '내일 먼저 우는 까마귀를 따라가 보라'고 했다고도 하는데, 이 이야기는 틀린 것이다.

왕이 말 탄 군사를 시켜 그 뒤를 쫓게 하였다. 남쪽 피촌(지금의 경주 남산 동쪽 기슭)에 이르러, 멧돼지 두 마리가 서로 싸우는 것을 서서 보고 있다가 그만 까마귀가 간 곳을 놓쳐 버리고 말았다. 길가를 헤매고 있을 때에 한 늙은이가 못 속에서 나와 글발을 바쳤는데, 그 겉에 이렇게 쓰여 있었다.

"떼어 보면 두 사람이 죽고 떼어 보지 않으면 한 사람이 죽는다."

심부름 갔던 자가 돌아와서 이것을 바치니 왕이 말했다.

"두 사람이 죽을 바에는 편지를 떼어 보지 않고 한 사람만 죽는 것이

낫겠다."

이때 일관(길일을 잡는 사람)이 아뢰었다.

"두 사람이라고 한 것은 일반 백성이고, 한 사람이란 왕입니다."

왕이 그럴듯하게 생각하여 그 글을 떼어 보니 글 가운데 이렇게 쓰여 있었다.

"거문고 집을 쏘라!"

왕이 대궐로 들어가 거문고 집을 보고 쏘았다. 그 속에는 대궐 안에서 불공을 드리는 중과 궁주(왕비나 궁녀)가 몰래 만나서 간통하고 있는 판이라, 두 사람을 처형하였다.

이때부터 나라 풍속에 정월마다 첫 돼지날, 첫 쥐날, 첫 말날* 등에는 모든 일을 삼가며 함부로 출입하지 않았다. 그리고 정월 보름날을 까마귀의 제삿날이라 하여 찰밥을 지어 제사를 지내니 지금도 행해지고 있다. 속담에 '달도'라는 말이 있으니, 이것은 슬퍼하고 근심하여 모든 일을 금하고 꺼린다는 뜻이다.

글발이 나온 못을 '서출지'라고 하였다.

　　　　　　　　　　　　　　　　　　　　　　　　　―《삼국유사》

❖ 비처왕은 신라 21대 임금으로 소지마립간이라고도 한다.

　정월 보름날 약밥을 지어 먹고 까마귀에게 제사 지내는 풍속의 유래를 전하고 있다.

* 첫 돼지날, 첫 쥐날, 첫 말날은 육갑으로 꼽는 날의 간지 이름들이다.

《동국세시기》를 보아도 약밥 먹는 풍속을 우리 민간에서는 정월의 중요한 일로 치고 있다. 《삼국유사》의 저자 일연은 이 설화가 발생한 때를 두 가지로 전하고 있다고 하면서 자기 견해가 확실하다고 말하고 있으나, 실상 그 기원을 꼭 어느 시기라고 확정할 수는 없다.

도화녀와 귀신의 아들 비형랑

사륜왕(신라 25대 임금)은 시호가 진지대왕이요, 성은 김씨고 왕비는 기오공의 딸, 지도 부인이다.

576년에 즉위하여 나라를 다스린 지 4년에 정치가 문란하고 몹시 음란하여 나라 사람들이 그를 폐위시켰다.

이에 앞서 사량부 백성의 딸이 있어 자태와 용모가 몹시 아름다워 당시 사람들이 '도화랑'이라 불렀다. 왕이 그 소문을 듣고 궁중으로 불러들여 범하려 하니 여자가 말하였다.

"여자가 지킬 도리는 두 남편을 섬기지 않는 것이니 남편이 있으면서 어찌 다른 데로 가오리까? 비록 제왕의 위엄으로도 끝내 절조는 빼앗지 못하오리다."

왕이 물었다.

"너를 죽인다면 어쩌려느냐?"

도화녀가 대답했다.

"차라리 거리에서 목을 베어 주소서. 다른 소원은 없나이다."

왕이 놀리면서 물었다.

"네 남편이 없다면 되겠느냐?"

그러니 도화녀가 좋다고 대답하였다.

그래서 왕은 그를 놓아 돌려보냈다. 그 해에 왕이 폐위되고 죽었는데, 그 뒤 삼 년이 지나 그의 남편도 죽었다. 열흘 남짓 지난 어느 날 밤에 홀연히 왕이 마치 그전처럼 그의 방에 와서 말하였다.

"네가 전에 허락한 것처럼 지금은 네 남편이 없으니, 내 말을 듣겠느냐?"

그가 경솔히 응낙지 않고 부모님께 여쭈었더니, 부모가 말하였다.

"임금의 분부를 어찌 피할 수 있겠느냐?"

그러면서 딸을 방으로 들여보냈다.

이레 동안 왕이 머물러 있었는데 언제나 오색구름이 지붕을 덮고 향기가 방에 가득하였는데, 이레 뒤에 왕은 홀연히 사라졌다. 도화녀가 아이를 배어 달이 차자 해산을 하려는데, 천지가 진동하면서 사내아이 하나를 낳으니 이름을 '비형'이라고 하였다.

진평왕이 그 이상한 소문을 듣고 데려다가 궁중에서 길렀다.

비형이 열다섯 살이 되어 집사 벼슬을 주었다. 그런데 매일 밤마다 멀리 달아나서 노는지라 왕이 날랜 용사 오십 명을 시켜서 그를 지키도록 하였다. 그러나 매번 월성을 뛰어넘어 서쪽 황천 기슭에 가서 귀신 무리를 데리고 놀곤 하였다. 용사들이 숲속에 숨어서 엿보니 귀신들이 여러 절에서 나는 새벽 종소리를 듣고 따로 흩어져 가 버리면 비형도 역시 돌아왔다. 용사가 사실을 왕에게 아뢰니 왕이 비형을 불러서 물었다.

"네가 귀신 무리를 데리고 논다고 하니 참말이냐?"

비형이 대답했다.

"그렇습니다."

그러자 왕이 명령했다.

"그러면 네가 귀신들을 시켜서 신원사 북쪽 개천에 다리를 놓아라."

비형이 왕의 명령을 받들어 귀신 무리를 부려서 돌을 다듬어 큰 다리를 하룻밤 사이에 다 놓았다. 때문에 그 다리 이름을 '귀신 다리'라고 하였다.

왕이 또 물었다.

"귀신 무리 가운데 인간 세상에 나와서 정사를 도울 만한 자가 있느냐?"

비형이 대답하였다.

"길달이란 자가 있어 정사를 도울 만합니다."

왕이 말했다.

"데리고 오도록 하라."

이튿날 비형이 길달과 함께 와 왕을 뵈었다. 왕이 그에게 집사 벼슬을 주었는데 과연 충직하기가 견줄 데 없었다. 이때 각간(신라 최고 벼슬) 임종이 아들이 없는지라 왕이 명령해서 길달을 아들로 삼게 했다. 임종이 길달을 시켜 흥륜사 남쪽에 다락문을 세우게 하니 매일 밤 그 문 위에서 자는지라 그 문을 '길달문'이라고 하였다.

하루는 길달이 여우로 변하여 도망가기에 비형이 귀신을 시켜 잡아

죽였다. 때문에 귀신 무리가 비형의 이름만 들어도 두려워하여 달아났
다. 당시 사람이 이를 두고 글을 지었다.

임금의 넋이 아들을 낳았으니,

비형랑이 있던 집, 여기로구나.

날고 뛰어 쏘대는 뭇 귀신들아!

여기에는 접근을 하지 말지라.

전해 오는 풍속에 이 글을 써 붙여 귀신을 쫓았다고 한다.

—《삼국유사》

❖ 이 이야기에는 죽은 영혼과 살아 있는 여인 사이에 태어난 비형이 나온다. 반신반인
인 비형의 출생에서부터 입신의 경지에 이르기까지 하나의 완벽한 서사 구조를 이루고
있다. 또한 '비형랑주가(귀신을 쫓는 노래)'를 고려 무신 정권 최고 권력자들까지 신봉했다
는 기록이 있을 정도로 오랫동안 민간에서 신격화되어 전해지고 있다. 그리고 최초의 도
깨비에 대한 기록이라고도 보인다.

황룡사 구층탑

선덕왕(신라 27대 임금) 5년(636), 자장법사가 당나라로 유학 가서 바로 오대산에서 감응하여 문수보살(지혜를 주관하는 부처)에게 불교 이치를 전수 받았다.

문수보살이 말하였다.

"너희 나라 왕은 바로 천축의 찰리종 왕*인데 일찍이 불기*를 받았으므로 별다른 인연이 있어 동쪽 오랑캐 공공*과는 같지 아니하다. 간혹 천신이 재앙을 내리나, 유명한 승려들이 나라 안에 있기 때문에 임금과 신하가 편안하고 온 백성이 화평한 것이다."

그러고는 말을 마치자 보이지 아니하였다. 자장은 이것이 바로 보살의 화신임을 알고 감격하면서 물러나왔다.

그가 중국의 태화지 못둑을 지날 때에 홀연히 신인이 나와서 물었다.

"어째서 여기에 왔는가?"

---

* 찰리종 왕은 찰리종 출신의 왕이다. 찰리란 찰제리의 준말로 인도의 4대 사회 신분층 가운데 두 번째에 속하는 층, 곧 왕족이나 무사 계층을 말한다.
* 불기는 별기라고도 하는데 불교 이치를 깨달은 자에게 주는 미래 세상에 관한 기록.
* 공공은 중국 요순시대에 있었다는 이민족.

자장이 대답하였다.

"불교를 깨달으러 왔습니다."

신인이 절을 하면서 다시 물었다.

"그대 나라에 무슨 어려운 일이 있는가?"

자장이 말하였다.

"우리나라는 북으로 말갈과 인접해 있고 남쪽으로 왜가 있으며 고구려와 백제 두 나라가 번갈아 국경을 침범하고 있습니다. 이렇듯 이웃 외적들의 침략이 백성들의 걱정입니다."

신인이 말하였다.

"지금 그대 나라는 여자를 임금으로 삼았기 때문에 덕은 있으나 위엄이 없는 까닭으로 이웃 나라들이 해하려고 하는 것이니 속히 본국으로 돌아가라."

자장이 물었다.

"고국으로 돌아가서 무엇을 하면 이롭겠습니까?"

신인이 말하였다.

"황룡사의 호법룡*은 바로 내 맏아들로 범왕*의 명령을 받고 가서 절을 보호하고 있는 것이니 본국에 돌아가서 그 절에 구층탑을 세워라. 그러면 이웃 나라들이 항복하고 구한(동방의 아홉 나라)이 와서 조공하여 왕업이 길이 태평할 것이다. 탑을 세운 뒤에 팔관회를 베풀고 죄인

* 호법룡은 불법을 수호하는 용.
* 범왕은 대범천왕, 곧 인도 바라문교에서 최고신으로 위하는 신.

들을 풀어 주면 외적이 해를 끼치지 못할 것이다. 그리고 나를 위하여 경기 지방의 남쪽 해안에 자그마한 절 한 채를 지어 내 복을 빌어 주면 나 또한 그 은덕을 갚을 것이다."

말을 마치자 옥을 바치고는 홀연 간 곳이 없었다.*

선덕왕 12년(643) 아무 달 16일에 자장은 당나라 황제가 준 불경과 불상, 가사, 폐백들을 가지고 나라에 돌아와서 탑을 세울 사연을 왕에게 아뢰었다. 선덕왕이 여러 신하에게 의논하니 신하들이 말하였다.

"백제에서 장인바치를 청해 데려와야겠습니다."

그리하여 보물과 폐백을 가지고 백제로 가서 장인바치를 초청하였다. 그리하여 아비지라는 장인바치가 명을 받고 와서 나무와 돌 공사를 경영하는데, 이간 용춘*이 일을 주관하여 보조할 장인바치 이백 명을 이끌었다.

탑 기둥을 처음 세우던 날 그 장인바치는 꿈에 자기 나라 백제가 망하는 모습을 보고 마음에 꺼려 일하던 손을 멈추었다. 그랬더니 홀연히 땅이 흔들리면서 컴컴한 속에서 웬 늙은 중과 장사 한 명이 금전(절의 본채) 문에서 나와서 기둥을 세우고 모두 간곳없이 사라졌다. 장인바치가 그제야 뉘우치고 탑을 완성하였다.

찰주기(탑에 관한 기록)에 이렇게 쓰여 있다.

"철반 이상은 높이가 42척이요, 그 이하는 183척이다."

---

* 절의 기록에는 종남산(중국 섬서성에 있는 산) 원향선사의 처소에서 탑을 세울 연유를 받았다고 한다.
* 용춘은 무열왕(신라 29대 임금) 김춘추의 아버지다. 용수라고도 한다.

자장이 오대산에서 받은 사리 백 알을 황룡사 탑의 기둥 속과 통도사 계단과 대화사의 탑에 나누어 넣어 두었다. 이것은 못에 있던 용의 청을 따른 것이다.

탑을 세운 뒤로는 천하가 태평하고 삼한을 통일하였으니 어찌 탑의 영험이 아니라고 할 수 있으랴.

그 뒤에 고려 왕이 장차 신라를 치려다가 물었다.

"신라에는 세 가지 보배가 있어 침범할 수 없다고 하는데 무엇을 말하는 것인가?"

"황룡사의 장육불상과 아울러 구층탑, 그리고 하늘이 진평왕에게 준 옥띠입니다."

그 말을 듣고 고려 왕은 신라를 치려던 계획을 그만두었다.

—《삼국유사》

❖ 지금은 옛터만 남아 있는 황룡사의 사찰 연기설화이다. 황룡사 구층목탑은 상륜부가 42척(약 15미터), 탑신부 183척(약 65미터), 전체 225척(약 80미터)의 큰 탑이다. 탑을 9층으로 한 것은 아홉 이웃 나라의 시달림을 막기 위해서이다. 아쉽게도 고려 고종 25년(1238) 몽고의 침입으로 황룡사 전체가 불타 소실되었다.

토끼와 거북 이야기

김춘추가 백제를 치고자 고구려에 군사를 요청하러 갔던 때 일이다. 어떤 사람이 고구려 왕에게 말했다.

"신라에서 온 사신은 보통 사람이 아닙니다. 이번에 그가 온 것은 지금 우리의 형세를 알아보려는 것 같으니 대왕은 그를 잘 처리하여 뒤탈이 없게 하소서."

그래 고구려 왕은 대답하기 어려운 질문을 하여 그를 욕보이고자 하였다.

"마목현과 죽령은 본디 우리 땅이니 돌려주지 않으면 그대는 돌아가지 못하리라."

김춘추는 이에 대하여 대답하였다.

"국가의 영토는 신하로서 마음대로 할 수 있는 것이 아니므로 나는 감히 명령을 따를 수 없소이다."

이에 왕은 분노하여 그를 가두어 놓고 장차 죽일 판이었다. 그래서 김춘추는 푸른 베 삼백 필을 왕이 총애하는 신하인 선도해에게 몰래 주었다. 선도해는 술과 안주를 가지고 와서 김춘추와 함께 술을 마시며 얼근

한 김에 농담으로 이런 말을 하였다.

"그대도 일찍이 토끼와 거북의 이야기를 들은 일이 있는가? 옛날 동해 용왕의 딸이 가슴을 앓는데 의원의 말이 토끼 간을 얻어 약에 섞어 쓰면 나을 것이라 하였다네. 그러나 바다에는 토끼가 없으니 어찌할 길이 없었는데 이때 거북 한 놈이 나와 용왕에게 이렇게 아뢰었네.

'내가 토끼 간을 얻을 수 있소이다.'

그리고 드디어 육지로 나와 토끼를 보고 꾀었네그려.

'바다 가운데 섬 하나가 있는데 맑은 샘, 흰 돌, 울창한 숲, 맛 좋은 과실 등 풍경도 좋다네. 거기는 추위도 더위도 없고 매나 독수리 같은 것도 없으니 네가 그 섬에 가기만 하면 한평생 걱정 없이 즐겁게만 살리라.'

거북이 자기한테 속아 넘은 토끼를 등에 업고 바다로 이삼 리쯤 들어갔을 때였네.

'토끼야, 잘 들어라. 지금 용왕 딸이 병이 나서 토끼 간이 약이라기에 내가 이렇게 수고를 아끼지 않고 너를 업어 가는 거야. 알기나 해라.'

그랬더니, 토끼는 시침을 떼고 말하였네.

'아 그런가? 나는 천지신명의 후예라 가끔 오장을 꺼내어 깨끗이 씻어 넣곤 한다. 요새 좀 속이 불편해서 간을 꺼내 씻어서 잠시 바위 밑에 두고는 네 재미있는 말을 듣다가 바로 왔으니, 간은 지금 거기 있다. 그렇다면 도로 나가 간을 가져와야겠구나. 너는 구하려던 약

을 얻으니 좋고 나는 간 따위는 없어도 되니 이 어찌 서로에게 다 좋은 일이 아니겠느냐!'

토끼에게 도로 속은 거북은 토끼를 업고 육지로 다시 돌아왔다네. 그래 언덕에 오른 토끼는 숲속으로 뛰어가면서 거북에게 말하였네.

'이 미련한 놈아! 간 없이 사는 놈이 세상에 어데 있다더냐?'

이렇게 놀려 주었다네. 그리하여 거북은 면구만 당하고 돌아오고 말았다네."

이 이야기를 들은 김춘추는 선도해의 뜻을 알았다. 그리하여 고구려 왕에게 편지를 보내어 말하였다.

"두 땅은 본디 귀국의 영토이었으니 나를 돌려보내 주시면 우리 왕에게 청하여 반환케 하오리다."

고구려 왕이 기뻐하여 김춘추를 후히 대접하여 돌려보냈다.

―《삼국사기》

❖ 토끼와 거북이 이야기는 삼국시대 설화 가운데서 가장 유명하다. 이 설화에서는 용왕과 그에 아첨하여 충직함을 보이는 거북을 통하여 통치 계급의 추악하고 탐욕적인 모습을 보여 준다. 이들은 남을 달콤한 말로 꾀며 자기 이해를 위해서 남의 생명을 거리낌 없이 희생시킨다. 또한 이 용왕이나 거북 같은 간교하고 음흉한 자들의 달콤한 말에 속는 백성들의 경솔함과 욕심도 경계하고 있다.

조신의 꿈

옛날 신라가 서울이었을 때, 세달사(지금의 홍교사)란 절의 농막이 명주 날리군*에 있었는데, 주관하는 절에서 중 조신을 보내어 농장을 관리하였다.

조신이 농장에 이르러 태수 김흔*공의 딸을 깊이 좋아하였다. 여러 차례 낙산사 관음보살 앞에 가서 그 여자를 얻게 해 달라고 남몰래 빌었는데, 빌어 온 지 몇 년 되는 동안에 그 여자에게 다른 짝이 생겼다.

그래 그는 다시 관음당 앞에 가서 관세음보살이 자기 소원을 이루어 주지 않았다고 원망하면서 날이 저물도록 슬피 울었다. 조신이 그리운 애를 태우다가 지쳐 잠이 들었는데, 홀연히 꿈에 김 씨의 딸이 기쁜 얼굴로 문으로 들어오더니, 백옥 같은 이를 드러내고 활짝 웃으며 말했다.

"내가 일찍이 스님의 얼굴을 어렴풋이 알고 마음으로 사랑하여 잠시도 잊지 못하였으나 부모의 명에 못 이겨서 억지로 다른 사람을 따랐습니

---

* 《지리지》를 살펴보면 명주에는 날리군이 없고 오직 날성군이 있을 뿐인데, 본디 날성군은 지금의 영월이다. 또한 우수주에 속한 현으로 날령군이 있었다. 여기서 날리군이라 하니 어느 것이 옳은지 알 수 없다.
* 김흔은 신라 신문왕(신라 31대 임금) 때 인물이다.

다. 이제 죽어서라도 당신과 한 무덤에 묻히고 싶어 이렇게 왔습니다."

조신은 기뻐 어쩔 줄 모르며 함께 고향 마을로 돌아가 사십여 년을 살고 자녀 다섯을 두었다. 그러나 집은 한갓 빈 네 벽뿐이요, 변변찮은 끼닛거리도 제대로 댈 수가 없었다. 할 수 없이 서로 이끌고 불쌍한 처지가 되어 입에 풀칠이나 할까 하고 사방으로 다녔다. 이러기를 십 년 동안 안 가는 곳 없이 돌아다니니 다 해진 누더기 옷이 몸을 가리지 못하였다.

어느 날 명주 해현 고개를 지날 때 열다섯 살 난 큰아이가 굶주리다 그만 죽었다. 부부는 통곡을 하다가 길가에다 아이를 묻고, 나머지 네 아이를 데리고 우곡현에 이르러서 길가에 띠풀을 묶어 집 삼아 살았다.

부부가 늙고 병들고 굶주려서 일어나지 못하여 열 살 난 딸이 밥을 빌러 돌아다녔는데, 마을 개에게 물려 아프다고 부르짖으며 앞에 와 쓰러졌다. 부부가 기가 막혀 흐느껴 울며 눈물을 금치 못하다가 아내가 별안간 눈물을 거두고 말했다.

"내가 처음 당신을 만났을 때는 얼굴이 아름답고 나이가 젊었으며 옷차림도 깨끗하였습니다. 한 가지 맛난 음식도 당신과 서로 나누어 먹고, 몇 자 되는 따뜻한 옷감도 같이 입었습니다. 오십 년에 정분은 이를 데 없고 은혜와 사랑은 한없이 깊어 참으로 두터운 인연이라고 하였습니다. 그러나 몇 년 전에 와서는 늙은 몸에 병까지 들어 해마다 더하고 굶주림이 날로 더 핍박하여 사람들이 곁방도 내주지 않습니다. 건건이 한 방울도 주지 않으니, 남의 문 앞에서 부끄럽기가 한이

없고 아이들의 추위와 굶주림도 면하게 할 수가 없습니다. 어느 겨를에 부부간의 기쁨이 있겠습니까?

　젊은 시절의 살뜰한 웃음도 풀 위의 이슬처럼 사라졌고, 지초와 난초*인 양 꽃다운 약속도 회오리바람에 버들꽃처럼 흩어졌습니다. 당신은 나 때문에 누가 되고 나는 당신 때문에 걱정이 되니 곰곰이 옛날 즐거움을 생각해 보면 바로 그것이 우환의 시작이었습니다. 그대와 내가 어찌하여 이 지경에 이르렀는지요. 여러 새가 함께 모여 굶주리느니 차라리 짝 잃은 난새*가 거울을 향하여 짝을 그리워하는 것이 낫지 않겠습니까?

　어려움을 당하면 버리고 행운을 만나면 따른다는 것은 인정상 차마 못 할 일입니다. 하지만 가고 멈추는 것이 사람의 뜻대로 되는 것이 아니며, 헤어짐과 만남에도 운수가 있는 것이라 생각합니다. 청컨대 이제부터는 둘이 그만 헤어지사이다."

조신이 이 말을 듣고 매우 옳게 여겨 저마다 두 아이씩 나누어 데리고 장차 헤어져 가려고 할 때에 여자가 말하였다.

"나는 고향으로 가겠으니 당신은 남쪽으로 가세요."

조신이 막 작별을 하고 길을 떠나는 참에 꿈에서 깨어나니, 타다 남은 등잔불이 꺼물거리고 밤은 이미 깊었다. 아침이 되어 보니 수염과 머

---

* 지초와 난초는 보통 깨끗하고 고상한 친구 사이의 교제를 비유한다. 여기서는 부부의 정을 뜻한다.
* 난새는 중국 전설에 나오는 상상의 새로 모양은 닭과 비슷하나 깃은 붉은빛에 다섯 가지 빛깔이 섞여 있다고 한다.

리털이 죄다 세어 있었고, 정신도 멍하여 도무지 인간 세상에 살 생각이 없어졌다. 이미 세상살이의 괴로움에 염증이 난 것이 마치 한평생의 고생을 다 겪고 난 것과 같아, 탐욕스러운 마음도 얼음 녹듯 깨끗이 없어졌다.

이때야 관음상을 대하기가 부끄러워져서 한없이 뉘우쳤다. 해현으로 가서 꿈에 어린아이 묻은 데를 팠더니 돌미륵이 있었다.

그것을 잘 씻어서 이웃 절에 갖다 모시고 서울로 돌아와 농장 관리를 그만두고 재산을 털어 정토사를 세웠다. 부지런히 불도에 수행하더니, 그 뒤에 어떻게 생애를 마쳤는지 알 수 없다.

— 《삼국유사》

❖ 승려 조신이 꾼 꿈을 통해, 사모하던 여인과 인연을 맺었지만 그 뒤 참담한 고통을 겪게 된 것을 '현실 — 꿈 — 현실'이라는 환몽 구조로 그려 보여 준다. 인생의 욕망이나 그 성취는 한갓 꿈에 불과한 것이며, 인간이 겪는 고통의 근원은 세속적인 욕망에 대한 집착이라는 점을 일깨워 주고 있다. 불교적 무상감을 담은 이야기로 17세기의 환몽 소설인 김만중의 《구운몽》에 영향을 준 우리나라 대표적인 설화이다.

성인을 만난 경흥

　　신문왕 때의 중 경흥은 성이 수씨로 웅천주 사람이다. 열여덟 살에 중이 되어 모든 불경에 정통하니 명망이 한 시대에 높았다.

　　문무왕(신라 30대 임금)이 죽을 때 신문왕에게 유언하였다.

　　"경흥법사는 국사를 삼을 만하니 내 말을 잊지 말아라!"

　　신문왕은 즉위하여 경흥을 국로(중의 최고 벼슬)로 삼고 삼랑사에 있게 하였다.

　　그런데 법사가 갑자기 병이 들어 달포가 되었을 때, 웬 여승이 와 보고 《화엄경》*에 나오는 '좋은 벗은 병을 고치게 하여 준다'는 말을 들어 말하였다.

　　"지금 스님의 병은 근심으로 해서 생긴 것이니 즐겁게 웃으면 나을 것이외다."

　　그리고 곧 열한 가지 모양의 우스꽝스러운 탈을 만들어 춤을 추게 하였다. 뽀족도 하고 깎은 듯도 하여 변하는 모습이 이루 다 말할 수 없어

---

* 《화엄경》은 석가모니가 깨달음의 내용을 설법한 경문.

모두 웃느라고 턱이 빠질 지경이었다. 이에 법사는 알지 못하는 사이에 병이 씻은 듯이 나았다.

여승은 문을 나가 삼랑사 남쪽에 있는 남항사로 들어가 사라지고, 그가 가졌던 지팡이는 십일면원통상(얼굴 열한 개를 가진 관음상) 탱화 앞에 놓여 있었다.

경흥이 하루는 왕궁으로 들어가려고 하니, 수발드는 사람이 먼저 동쪽 대문 밖에다가 떠날 채비를 하였다. 말이며 안장이 매우 훌륭하고, 신발이며 갓이며 차림차리가 으리으리하니 사람들이 모두 길을 피하였다. 웬 거사가 볼꼴 없는 모양으로 손에는 지팡이, 등에는 광주리를 지고 와서 하마대* 위에 앉아 쉬고 있었다. 광주리 속을 보니 말린 물고기가 들어 있었다. 경흥을 수발드는 사람이 꾸짖어 말하였다.

"네가 중의 복색을 하고 어찌 불교에서 금하는 물건을 지녔느냐?"

그 거사가 말하였다.

"두 다리 사이에 살아 있는 고기를 끼고 다니는 것과 등에다가 저잣거리의 말린 고기를 지는 것 중에 무엇이 더 흉이 되랴?"

그러고는 말을 마치자 일어나 가 버렸다.

경흥이 문을 나오다가 그 말을 듣고 사람을 시켜서 뒤를 쫓게 하였다. 남산 문수사 대문 밖에 이르러서 광주리를 내던지고 사라졌는데, 지팡이는 문수보살상 앞에 있고 말린 물고기는 바로 소나무 껍질이었다. 심

---

* 하마대는 말에서 내릴 때 편하도록 만든 대.

부름 갔던 사람이 돌아와 그대로 말하니 경흥이 이 말을 듣고서 탄식하여 말하였다.

"관세음보살님이 오셔서 내가 짐승 타는 것을 경계한 것이다."

그 뒤 죽을 때까지 다시는 말을 타지 아니하였다. 경흥의 아름다운 덕행과 남긴 사적은 중 현본이 지은 삼랑사* 비문에 자세히 실려 있다.

—《삼국유사》

❖ 경흥은 7세기에 살던 승려이다. 그에 대한 이 기록은 얼핏 전기적 서술인 듯한 체계를 가지면서도 기본으로는 두 가지 설화로 이루어져 있다.

이 이야기 가운데 "열한 가지 모양의 우스꽝스러운 탈을 만들어 춤을 추게 하였다"는 기록은 민간극 예술 발전 연구에서 주목할 만하다. 그리고 야단스럽게 꾸민 말을 타고 다니는 행동거지를 경계하였다는 이야기도 매우 재미있다.

---

* 문수사와 삼랑사는 자세히 알 수 없으나, 경주 남산에 있었을 것으로 추정한다.

거센 물결을 잠재우는 젓대, 만파식적

신라 신문대왕의 이름은 정명이요, 성은 김씨다.

681년에 즉위하여 선대 부왕인 문무대왕을 위하여 동해 바닷가에 감은사를 세웠는데, 절 기록에 이런 말이 있다.

문무왕이 왜병을 진압하려고 이 절을 짓다가 채 마치지 못하고 돌아가 바다의 용이 되었고, 그 아들 신문왕이 즉위하여 다음 해에 공사를 마쳤다. 그런데 금당 섬돌 아래 동쪽으로 구멍을 하나 뚫어 두었으니, 그것은 용이 절에 들어와서 돌아다닐 수 있도록 한 것이라고 한다. 유언대로 유골을 간직해 둔 곳을 '대왕암'이라 하고 절 이름을 감은사라 하였다. 그 뒤에 용이 나타난 것을 본 곳은 '이견대'라 하였다.

신문왕 2년 오월 초하룻날, 바다 일을 맡아보는 관리인 파진찬 박숙청이 왕에게 아뢰었다.

"동해 가운데 작은 산이 하나 있어 감은사를 향하여 떠 오는데, 물결을 따라 이리저리 왔다 갔다 하나이다."

왕이 이상히 여겨서 천문 맡은 관리 김춘질(또는 춘일)을 시켜 점을 치게 하였더니 그가 말하였다.

"선대 임금이 지금 바다 용이 되어 삼한을 수호하고 있습니다. 또 김유신 공은 삼십삼천*의 한 분으로 지금 인간에 내려와 대신이 되었습니다. 두 성인이 덕을 같이 하여 나라를 지키는 보물을 내주시려 하옵니다. 만일 폐하가 바닷가로 나가 보신다면 반드시 값을 헤아릴 수 없는 큰 보배를 얻으시리이다."

왕이 기뻐하여 그달 이렛날 이견대로 가 그 산을 바라보고 사람을 보내어 잘 알아보게 하였다. 산 모양은 마치 거북 머리 같고 그 위에 대나무 한 줄기가 있는데 낮에는 둘이 되고 밤에는 합하여 하나가 되었다. 다른 이야기에는, 산도 밤낮으로 갈라졌다 합쳐졌다 하는 것이 대나무와 같았다고 한다. 심부름 갔던 사람이 돌아와 이 사실을 아뢰니, 왕이 감은사에 와서 묵었다.

이튿날 오시(오후 12시쯤)에 갈라졌던 대나무가 합쳐서 하나가 되는데 천지가 진동하고 바람이 불고 비가 오더니, 그 뒤 이레 동안 캄캄하였다. 그달 열엿새에 이르러서야 바람이 자고 물결이 잔잔해졌다. 왕이 배를 타고 그 산에 들어가니 용이 검은 옥띠를 가져와 바치는지라 왕이 영접하여 같이 앉아서 물었다.

"이 산과 대나무가 어떤 때는 갈라지기도 하고 어떤 때는 합해지기도 하는 것은 무슨 까닭인가?"

용이 대답하였다.

---

*삼십삼천은 불교에서 이르는 도리천을 말한다. 33명의 신이 우주의 삼라만상을 살핀다고 한다.

"이는 비유하자면 한 손으로는 쳐도 소리가 없으나 두 손뼉을 치면 소리가 나는 것과 마찬가지입니다. 이 대나무라는 물건도 마주 합해야 소리가 나는 것입니다. 갸륵한 임금이 소리로 천하를 다스릴 좋은 징조입니다. 왕이 이 대나무를 가져다가 젓대를 만들어 불면 천하가 화평할 것입니다. 지금 선대 임금이 바닷속 큰 용이 되고 김 공도 다시 천신이 되어 두 분 성인의 마음이 합해져서, 이같이 값으로 헤아릴 수 없는 큰 보물을 내어 나를 시켜 갖다 드리라 하더이다."

왕이 놀랍고도 기뻐서 오색 비단과 금과 옥으로 시주를 하였다.

일을 맡은 자가 대나무를 베어 가지고 바다에서 나올 때는 산과 용이 갑자기 숨어 버리고 나타나지 않았다. 왕이 감은사에서 묵고 열이레에는 지림사 서쪽 냇가에 이르러 수레를 멈추고 점심을 먹었다.

태자 이공(효소대왕, 신라 32대 임금)이 대궐을 지키고 있다가 이 소식을 듣고 말을 타고 달려와서 축하하고는 천천히 살펴보고 말하였다.

"이 옥띠에 달린 여러 장식들은 모두가 진짜 용들입니다."

왕이 물었다.

"네가 어찌 아느냐?"

태자가 말하였다.

"옥 장식 한 개를 따서 물에 담가 보여 드리지요."

그리고는 곧 왼쪽으로 둘째 옥 장식을 따서 개울물에 담그니 바로 용이 되어 하늘로 올라가고 그 자리는 연못이 되었다. 그래서 그 연못을 '용연'이라고 하였다. 왕의 행차가 돌아와 그 대나무를 가지고 젓대를 만들어 월성의 천존고에 간직하였다. 이 젓대를 불면 적병이 물러가고, 병이 나으며, 가물에는 비가 오고, 장마가 개며, 바람이 가라앉고, 파도가 잔잔해졌다. 이름하여 거센 물결을 잠재우는 젓대라는 뜻인 '만파식적'이라 하고 나라의 보물로 일컬었다.

효소대왕 때에 이르러 부례랑이 살아 돌아온 기적으로 인하여 뒤에 '만만파파식적'(수없는 거센 물결을 자게 하는 젓대)이라고 고쳐 불렀다.

—《삼국유사》

❖ 만파식적 이야기에는 적의 침략이나 자연 재난을 쉽사리 물리칠 수 있는 힘을 가진 신기한 물건에 대한 옛사람들의 바람이 나타나 있다. 고대 사람들이 자연과 사회 재난을 정복하려는 바람을 설화로 드러낸 것이다. 해모수의 오룡거처럼 아름다운 공상이 반영된 설화들이 적지 않게 만들어져 전해졌다. 그 설화들에는 자연을 정복하고, 사회 재난을 없애고, 행복하기를 바라는 민중들의 마음이 예술로 표현되어 있다.

이 설화에는 불교 색채가 적지 않게 입혀져 있다. 그러나 처음부터 불교적인 설화였다고는 생각되지 않는다. 이 설화는 많은 지명을 설명하는 전설들과 얽혀 있고 또한 여러 가닥의 파생 설화들로 이어져 있기 때문이다.

부례랑이 되찾은 만파식적

신라 계림 북쪽 산을 금강령이라고 한다. 산 남쪽에는 백률사가 있고, 이 절에는 관세음보살상이 하나 있다. 어느 때에 만든 것인지는 알지 못하나 그 영험함이 꽤 알려져 있다.

민간에서는 이 부처가 일찍이 도리천 하늘에 올라갔다가 돌아와 법당에 들어갈 때 밟았던 돌 위의 발자국이 지금까지 온전히 남아 있다고 한다. 또는 이 부처가 부례랑을 구원해서 돌아올 때 남긴 발자국이라고도 한다.

중국 당나라 측천무후 때에 효소왕이 살찬(벼슬 이름) 대현의 아들 부례랑을 국선으로 삼았다. 그 화랑 무리가 천 명이나 되었는데, 부례랑은 그 가운데에도 안상과 가장 친하였다. 일 년 뒤 늦은 봄에 그가 무리들을 거느리고 금란(지금의 강원 통천) 지방에 놀러 갔다가 북명(지금의 강원 강릉) 땅에 이르러서 오랑캐인 말갈족에게 붙들려 잡혀갔다. 부하들이 모두 다 어쩔 바를 모르고 돌아왔으나 안상만은 홀로 그 뒤를 쫓아갔으니, 이때는 3월 11일이었다. 왕이 이 소식을 듣고 깜짝 놀라서 말하였다.

"돌아가신 부왕께서 신령스러운 젓대를 얻어서 나에게 전해 주셔서 지금 거문고와 함께 궁중 창고에 간직해 두고 있다. 무슨 까닭으로 국선이 졸지에 말갈족에게 잡혀갔는지 모르겠지만, 이 일을 어찌하면 좋을까?"

이때에 마침 이상한 구름이 천존고를 뒤덮었다. 왕이 다시 떨리고 겁이 나서 사람을 시켜 알아보니 창고 속에 두었던 거문고와 젓대 두 보물이 없어졌다. 이에 왕이 말하였다.

"내 얼마나 복이 없기에 어제는 국선을 잃고 또 이제 거문고와 젓대를 잃었을꼬!"

그리고 곧 창고를 맡은 관리 김정고 등 다섯 사람을 잡아 가두었다.

4월, 나라 안에 널리 선포하였다.

"거문고와 젓대를 찾는 자는 일 년치 세금을 상으로 주겠다."

5월 15일에 부례랑의 부모가 백률사 관세음상 앞에 가서 여러 날 저녁 기도를 드렸다. 그랬더니 홀연히 향을 피운 단 위에서 거문고와 젓대 두 가지 보물을 얻게 되었고, 부례랑과 안상 두 사람이 불상 뒤에 와 있었다. 부모가 크게 기뻐하여 돌아오게 된 사연을 물었더니 부례랑이 말하였다.

"제가 잡혀가서 그 나라 대도구라의 집에서 목동이 되어 대오라니 들에서 소를 치고 있었습니다. 갑자기 용모와 거동이 단정한 중 한 사람이 손에 거문고와 젓대를 가지고 와서 위로하였습니다.

'고향 생각이 나는가?'

이렇게 묻기에, 저도 모르게 그 앞에 꿇어앉아 대답하였습니다.

'임금과 부모를 그리워하는 마음을 어찌 말로 다하겠습니까?'

그랬더니 중이 말하였습니다.

'그러면 나를 따라오라.'

저를 데리고 마침내 바닷가에 나왔는데, 거기에서 안상을 만났습니다. 그는 젓대를 툭 치더니 두 쪽으로 갈라서 우리 두 사람에게 주면서 한 짝씩 타게 하고 자기는 거문고를 타고 둥실 떠서 잠깐 동안에 이곳까지 이르렀습니다."

이에 급히 그 사실을 자세히 왕에게 아뢰었더니, 왕이 크게 놀라 사람을 보내어 부례랑을 맞이하였다. 부례랑은 거문고와 젓대를 가지고 대궐로 돌아갔다. 왕이 상으로 오십 냥쭝씩 되는 금은으로 만든 다섯 가지 그릇 두 벌과 누비 가사 다섯 벌과 비단 삼천 필과 밭 만이랑을 백률사에 시주했다. 부처님의 은덕에 보답케 하고, 나라 안에 대사면령을 내리고 모든 사람에게 벼슬을 세 급씩 올려 주었다. 백성들에게는 삼 년간 세금 내는 것을 면제해 주고, 그 절 주지를 봉성사로 옮겨 있게 하였다. 또 부례랑을 봉해서 대각간으로 삼았고, 그의 아버지 아찬 대현을 태대각간으로 삼았다. 또 그의 어머니 용보 부인을 사량부의 경정궁주로 삼고, 안상법사를 대통으로 삼았다. 창고를 맡은 관리 다섯 사람들은 모두 죄를 면해 주고 벼슬 다섯 급씩을 올려 주었다.

6월 12일에 혜성이 동쪽에 나타나고, 17일에는 또 서쪽에 나타났다. 천문을 맡은 관리가 아뢰었다.

"상서로운 거문고와 젓대에 대하여 벼슬을 봉하지 아니한 까닭입니다."

이에 신령한 젓대의 이름을 '만만파파식적'이라고 하였더니, 혜성이 그제야 사라졌다. 그 뒤에도 영험하고 신기한 일이 많았으나 글이 번거로워 이루 다 쓰지 않는다.

세상에서는 안상을 일러 준영랑의 낭도라고 하나 자세히 알 수 없다. 영랑의 낭도에는 다만 진재, 번완 등의 이름이 알려져 있으나, 이들 역시 알 수 없는 사람이다.

—《삼국유사》

❖ 부례랑과 얽힌 만파식적 이야기는 앞에서 본 만파식적 설화의 후일담이라 할 수 있다. 설화에서 이야기한 사실이 실제로 있었을 리 없으며 《삼국사기》를 보아도 효소대왕 2년에 이와 관련된 기록을 찾아볼 수가 없다.

그러나 만파식적에 관한 이야기가 얼마나 풍부한 변종과 후일담들을 낳았는지 알 수 있다. 이 설화를 통해 앞에 보인 만파식적 설화의 전체 면모를 더 잘 이해할 수 있다.

수로 부인

성덕왕(신라 33대 임금) 때 순정공이 강릉 태수로 부임해 가던 길에 바닷가에 이르러 점심을 먹었다. 그 옆에는 돌산이 병풍처럼 바다를 둘러섰는데, 높이가 천길만길 까마득하였다. 꼭대기에는 진달래꽃이 한창 피어 있었는데, 순정공의 부인 수로가 그 꽃을 보고서 좌우에 있는 사람들더러 말하였다.

"거기 누가 꽃을 꺾어다 줄 사람이 없을까?"

따르는 사람들이 대답하였다.

"사람이 발 붙여 올라갈 데가 못 됩니다."

그러면서 모두 못 가겠다고 하였다. 그런데 곁에 웬 늙은이가 암소를 끌고 지나다가 부인의 말을 듣고 그 꽃을 꺾어 가지고 와서는 노래까지 지어 바쳤다. 그 늙은이는 어떤 사람인지 알 수 없었다.

다시 이틀 길을 가다가 또 바닷가에 정자가 있었다. 거기서 점심을 먹고 있었는데, 바다의 용이 갑자기 부인을 채 가지고 바닷속으로 들어갔다. 순정공은 엎어질락 자빠질락 발을 동동 굴렀으나 어찌할 도리가 없었다. 또다시 한 늙은이가 나서서 말하였다.

"옛사람 말에 '여러 입이 떠들면 쇠라도 녹여낸다'고 하였으니 이제 그까짓 바닷속에 있는 미물이 어찌 여러 사람의 입을 겁내지 않겠습니까? 이 고장 백성들을 시켜 노래를 지어 부르고 막대기로 언덕을 두드리면 부인을 보실 수 있을 것입니다."

순정공이 그 말대로 하였더니, 용이 부인을 받들고 바다에서 나와 바쳤다. 공이 부인더러 바닷속 일을 물었더니 그가 말하였다.

"가지가지 보석으로 꾸민 궁전에, 먹는 것은 달고 연하고 향기롭고 깨끗하여 인간 세상에서 먹는 음식이 아니었습니다."

그리고 부인의 옷에서는 이상한 향기가 풍기는데 이 세상에서는 맡아 보지 못한 향내였다.

수로의 자색이 빼어나게 아름다웠으므로 깊은 산골이나 큰 물을 지날 때마다 여러 번 귀신이나 영물들에게 붙들려 갔다. 여러 사람이 부른 '바다 노래[해가]'는 가사가 이렇다.

거북아 거북아 수로를 내놓아라.
남의 아내 훔쳐 간 그 죄가 얼마이냐.
네가 만일 거역하고 내놓지 않는다면
그물로 잡아내어 구워 먹으리라.

늙은이가 불렀던 '꽃을 바친 노래[헌화가]'는 이렇다.

붉은 바위 가에서

손에 잡은 어미 소 놓아두고

나를 부끄러워 아니하시면

꽃을 꺾어 드리오리다.

—《삼국유사》

❖ 향가 '헌화가'가 창작된 동기를 설명하는 이야기와 용왕에게 빼앗겼던 수로 부인을 다시 찾은 이야기다.

'꽃을 바친 노래'는 우리나라 옛사람들의 아름다운 정신세계, 인간성을 보여 주고 있는데, 특히 이 노래를 소 끌고 가던 어떤 늙은이가 지었다는 것이 매우 흥미롭다.

'바다 노래'를 지어 부르게 된 동기를 설명하면서, 노인이 '여러 입이 떠들면 쇠라도 녹여낸다'는 격언을 빌려 용의 장난을 물리칠 계획을 이야기하는 장면이 나온다. 여기서 자연과 싸워 나가는 데 인간들의 단결된 힘을 믿던 옛사람들의 생각을 볼 수 있다. 또한 이 노래는 《가락국기》에 나오는 '구지가'와 내용이나 성격에서 공통된 특성들을 가지고 있는데, '바다 노래'는 '구지가'가 오랫동안 사람들 속에서 전해 내려오면서 발전한 것이라고 볼 수 있다. 이 노래들은 먼 옛날 사람들이 부르던 주술적 성격의 노동가요였다.

제망매가와 월명리의 전설

월명은 죽은 누이동생을 위해 명복을 비는 불공을 올리면서 향가를 지어 제사를 지냈다. 그때 문득 회오리바람이 일어나더니 종이돈을 서쪽으로 날려 사라지게 했다.

그 향가는 다음과 같다.

삶과 죽음의 길은

여기 있으니 두려워지고

나는 간다는 말도

못다 이르고 어찌 가는가.

어느 가을 이른 바람에

여기저기 떨어지는 나뭇잎처럼

한 가지에 나서

가는 곳을 모르는구나!

아아! 미타찰에서 만날 나

도를 닦으며 기다리련다.

월명은 언제나 사천왕사에 살면서 저를 잘 불었다.

한번은 월명이 달 밝은 밤에 저를 불면서 문 앞 한길을 지나고 있는데, 저를 어찌나 잘 불었던지 달이 걸음을 멈추었다.

그래서 그 길을 '월명리'라 하였고, 대사도 이 때문에 이름을 널리 알리게 되었다.

월명은 능준대사의 제자이다. 신라 사람들이 향가를 숭상한 것은 오래되었는데, 대개 시나 송가와 같은 것이다. 때문에 이따금 천지의 귀신을 감동시킨 것이 한두 번이 아니었다.

―《삼국유사》

❖ 월명사는 8세기 중엽에 활동한 승려이며, 유명한 향가 '제망매가'의 작가다. 향가는 신라 때 한자의 음과 뜻을 빌려 기록한 노래다. '제망매가'는 갑자기 죽게 된 누이를 추모하면서 삶의 무상함을 비유법으로 표현한 뛰어난 작품이다. 또한 삶과 죽음의 문제를 종교적으로 극복하고자 하는 마음이 나타나 있다. 《삼국유사》에는 월명사가 쓴 향가 작품 '도솔가'도 전한다. 그는 뛰어난 서정 시인이었을 뿐만 아니라 당시 젓대(피리)를 잘 불기로도 이름이 높았다.

원성대왕

김주원이 처음에 수석 재상으로 있을 때, 원성왕은 당시에 각간으로 그의 다음가는 자리에 있었다.

왕이 꿈에 머리에 썼던 복두(관리가 쓰는 모자)를 벗고 흰 갓을 쓰고 손에 십이현금(가야금)을 들고서 천관사 우물 속으로 들어갔다. 꿈에서 깨어 사람을 시켜 점을 쳤더니 점쟁이가 말하였다.

"복두를 벗은 것은 관직에서 쫓겨날 조짐이요, 십이현금을 든 것은 칼을 쓸 조짐이요, 우물 속으로 들어간 것은 옥에 갇힐 조짐이외다."

왕이 그 말을 듣고 매우 근심하여 문을 닫고 출입을 하지 않았다.

이때 아찬 여삼(또는 여산)이 와서 뵙기를 청하였다. 그러나 왕은 병을 핑계로 나가지 않았다. 여삼이 다시 청하였다.

"꼭 한 번만 뵙기를 바라나이다."

왕이 이를 허락하였더니, 여삼이 물었다.

"공이 지금 꺼리는 것은 무슨 일입니까?"

왕이 꿈을 점친 이야기를 죄다 말했더니 여삼이 일어나서 절을 하고 말하였다.

"이 꿈은 아주 좋은 일이 있을 징조입니다. 공이 왕위에 올라서 나를 버리지 않으신다면 공을 위하여 꿈풀이를 하겠습니다."

왕이 곧 주위 사람들을 물리치고서 꿈풀이를 청하니 그가 말하였다.

"복두를 벗은 것은 윗자리에 사람이 없다는 것이요, 흰 갓을 쓴 것은 면류관을 쓸 조짐이요, 십이현금을 든 것은 열두 대 손자*에게 왕위를 전할 조짐이요, 천관사 우물에 들어간 것은 대궐로 들어갈 길한 징조입니다."

왕이 말하였다.

"위로 김주원이 있는데 어찌 윗자리에 오를 수 있단 말인가?"

여삼이 말하였다.

"청컨대 몰래 북천신에게 제사 지내면 될 것입니다."

왕이 그대로 하였다.

얼마 안 있어 선덕왕이 죽자, 나라 사람들이 김주원을 받들어 왕으로 삼으려고 하여 장차 대궐로 맞아들이려고 하였다. 그의 집은 개천(알천) 북쪽에 있었는데 갑자기 냇물이 불어서 건너오지 못하였다. 이에 왕이 먼저 대궐로 들어가 왕위에 오르자, 김주원의 무리가 모두 와서 새로 오른 임금에게 축하를 하였다.

이가 원성대왕이니 이름은 경신이요, 성은 김씨다.

대체로 좋은 꿈을 꾼 것이 들어맞은 것이다. 김주원은 은퇴하여 명주

---

*《삼국사기》에 원성왕은 내물왕의 12대손이라 한다.

에서 살았다. 왕이 등극하였을 때에 여삼은 이미 죽은지라 그의 자손을 불러서 벼슬을 주었다.

—《삼국유사》

❖ 원성대왕(신라 38대 임금)에 얽힌 이야기는 신라 통치 계급 내부에서 심해지고 있던 정치 세력 싸움을 반영하고 있다. 설화를 보면 마치 원성왕이 꾼 꿈이 어떤 사건을 미리 알려 주는 것인 듯이 그리고, 여삼이란 사람이 그 꿈을 정확하게 풀이한 듯이 이야기하고 있다.

우리나라 설화들에는 현실적 사실들을 이러한 환상적 형식인 꿈 이야기로 반영한 것들이 적지 않다. 특히 어떤 역사 인물들, 영웅들의 출생과 관련된 설화에 꿈 이야기가 많이 등장한다. 당시 사람들의 세계 인식이 제한되어서이기도 하고, 꿈을 통해 당시 사람들의 바람이나 소망을 표현하기도 했기 때문이다. 이 설화는 우리나라 옛날 설화의 면모나 특성을 이해하는 데 어느 정도 의의를 갖는다.

김현과 호녀

신라에는 해마다 이월이 되면 초여드렛날부터 보름날까지 서울 안 남녀들이 다투어 흥륜사의 전각과 탑을 돌며 복을 받는 풍속이 있었다.

원성왕 때 화랑 김현이 있어 밤이 깊은데도 혼자서 쉬지 않고 탑을 돌았다. 한 처녀가 염불을 하며 따라 돌다가 김현과 서로 좋아져서 눈짓을 하고, 탑돌이를 마치고는 으늑한 곳으로 가서 정을 통하였다.

처녀가 돌아가려 하자 김현이 따라가니, 여자가 거절하였으나 그는 억지로 따라갔다. 서산 기슭에 이르러 한 오막살이로 들어가니 웬 늙은 할미가 그 처녀더러 물었다.

"따라온 이가 누구냐?"

여자가 사실대로 이야기하였더니 할미가 말하였다.

"좋은 일이기는 하다마는 없는 것만 못하구나. 그러나 이미 저지른 일이니 어찌하겠느냐? 몰래 숨겨 둔다 하여도 네 오라비들이 사나우니 걱정이로구나."

그리고 김현을 깊은 곳에 숨겨 두었다. 조금 있다가 세 호랑이가 나타나 으르렁거리면서 사람의 말로 말하였다.

"집에서 비린내가 나니 시장기를 면하게 되었구나. 이 얼마나 좋은 일이냐!"

할미가 처녀와 함께 나무랐다.

"네 코가 잘못되었구나? 무슨 미친 소리를 하느냐?"

이때 하늘에서 소리쳤다.

"너희 무리가 생명 해치기를 매우 좋아하니 마땅히 한 놈을 죽여 악행을 징계하리라!"

세 호랑이가 이를 듣고 모두 근심하는 기색이 있었다. 처녀가 말하였다.

"세 오라비가 멀리 피하여 스스로 뉘우친다면 내가 대신하여 벌을 받지요."

그러니 모두 기뻐하여 고개를 수그리고 꼬리를 치면서 달아났다.

처녀가 들어와서 김현에게 말하였다.

"처음에는 당신이 우리 족속에게 오시는 것이 부끄러워 거절했으나 이제는 감출 것이 없으니 감히 속에 먹은 마음을 털어놓습니다. 내가 낭군과 비록 종류는 다르나 뫼시고 하루 저녁의 즐거움을 얻었으니 의리는 부부를 맺은 것과 같이 더할 수 없이 귀중합니다.

이제 세 오라비들의 죄악을 하늘이 이미 미워하여 온 가족이 당할 벌을 내가 당하고자 합니다. 다른 사람 손에 죽는 것이 어찌 낭군의 칼날 아래 죽어 덕을 갚는 것과 같겠나이까. 내가 내일 거리에 들어가서 사람을 심하게 해치면, 사람들이 나를 이겨 내지 못할 것입니다. 그러면 임금이 반드시 높은 벼슬을 걸고 나를 잡을 사람을 찾을 것입니다. 낭군은 겁내지 말고 나를 쫓아 성 북쪽 수풀 속으로 오시면 내가 거기서 기다리겠습니다."

김현이 말하였다.

"사람이 사람과 사귐은 인륜의 도리지만, 다른 종류와 사귄다는 것은 정상이 아닐 것이오. 그러나 일이 이만치 되었으니 참으로 천행이라 할 것인데, 차마 어찌 내 배필의 죽음을 팔아서 한때의 벼슬을 바라겠소!"

처녀가 말하였다.

"그런 말씀 마소서! 지금 내 수명이 짧은 것은 바로 천명이요, 또한 내 소원이요, 낭군의 경사입니다. 또 우리 가족의 행복이며, 나라 사람들의 기쁨입니다. 한 번 죽어서 다섯 가지 이로움이 갖추어지니 어찌 이를 망설이겠습니까? 다만 저를 위하여 절을 세우고 불경을 강론하여 좋은 과보*를 얻는 데 도움이 되게 해 주시면 낭군의 은혜가 이보다 큰 것이 없겠습니다."

그러고는 서로 울며 작별하였다. 이튿날 과연 사나운 호랑이가 성안에 들어왔는데, 대단히 사나워 감히 당하지 못하였다. 원성왕이 이 말을 듣고서 명을 내렸다.

"호랑이를 잡는 자는 2급 벼슬을 주리라!"

김현이 대궐로 들어가 아뢰었다.

---

* 과보는 불교에서 말하는 인과응보. 전생에 지은 선악에 따라 현생에 불화 불행이 정해진다는 것.

"소신이 잡을 수 있습니다."

그러자 먼저 벼슬을 주어 그를 격려하였다. 김현이 칼 한 자루를 가지고 숲속으로 들어갔더니, 호랑이가 처녀로 변하여 반가이 웃으며 말하였다.

"간밤에 낭군과 함께 진심을 털어놓고 하던 말을 부디 소홀히 마소서. 그리고 오늘 내 발톱에 상처를 입은 사람은 모두 홍륜사의 간장을 바르고 그 절의 나팔 소리를 듣게 하면 나을 것입니다."

그리고는 곧 김현이 찬 칼을 뽑아 제 손으로 목을 찌르고 엎어지니 바로 호랑이였다. 김현이 숲에서 나와 소리쳐 말하였다.

"지금 여기서 그 호랑이를 대번에 잡았다."

그러나 그간의 사정은 숨기고 말하지 아니하였다. 다만 그가 가르친 대로 상한 사람들을 치료하게 하니 상처가 모두 나았다. 지금도 사람들은 호랑이에게 상처를 입으면 이 방법을 쓰고 있다.

김현이 벼슬에 오른 뒤 서천 가에 절을 세워 이름을 '호원사'라 하였다. 그리고 언제나 《범망경》을 강론하여 호랑이의 명복을 빌며 제 몸을 희생하여 자기를 성공하게 한 은혜를 갚았다.

김현이 죽을 즈음에 앞서 겪은 이상한 일에 감동하여 그대로 적어 기록을 만드니 세상에서는 처음으로 알게 되었다. 이로 인하여 그 기록을 '논호림'이라 하여 지금까지 일컬어 온다.

—《삼국유사》

❖ 김현과 호녀는《삼국유사》에 유일하게 실려 있는 우리 호랑이 이야기이며, 대표적인 옛날 동물 설화이다.

우리나라의 전통 설화 가운데는 범과 관련된 이야기가 대단히 많다. 이 설화는 내용이 대단히 환상적이며 비현실적인 사건으로 이루어져 있을 뿐만 아니라, 불교 색채를 아주 짙게 가지고 있다. 본디 이야기를 만든 사람들은 백성들이었겠으나 전해지는 과정에서 불교 승려들이 불교적 색채를 입힌 것이다.

나라를 지키는 세 용

신라 원성왕이 즉위한 지 11년(795)에 당나라 사신이 서울에 와서 한 달 동안 머물러 있다가 돌아갔다. 그다음 날에 웬 여자 두 명이 대궐 안 뜰에 나와 아뢰었다.

"우리는 바로 동지와 청지* 두 못에 사는 용의 아내입니다. 당나라 사신이 하서국 사람 둘을 데리고 와서 우리 남편인 두 용과 분황사 우물에 있는 용까지 세 용에게 주문을 걸었습니다. 그리고는 작은 물고기로 변하게 하여 통 속에 담아 가지고 돌아갔습니다.

바라건대 폐하는 그 두 사람에게 명령하여 나라를 지키는 우리 남편 용들이 여기에 머무를 수 있게 해 주소서."

왕이 하양관*까지 그들을 뒤쫓아 가서 그들에게 친히 잔치를 베풀고 나서 말하였다.

"너희들은 어째서 우리 세 용을 잡아 가지고 왔느냐? 사실대로 고하지

---

* 청지는 동천사에 있는 샘이다. 절의 기록에, "이 샘은 동해의 용이 오가며 설법을 듣던 곳이요, 절은 바로 진평왕이 지은 것이니 오백 나한과 오층탑과 토지와 노비를 아울러 헌납하였다"고 쓰여 있다.
* 하양관은 하양에 있는 객관으로 하양은 지금 경상북도 영천 서쪽에 있다.

않는다면 극형에 처할 것이다."

그제야 물고기 세 마리를 내어 바쳤다. 물고기를 세 군데에 놓아주도록 하였더니 놓아준 곳마다 물이 한 길이나 솟고 용들은 기뻐 뛰놀면서 가 버렸다. 당나라 사람은 왕의 밝은 지혜에 감복하였다.

―《삼국유사》

❖ 나라를 지키는 세 용에 대한 이야기에는 만파식적 설화에서 본 것처럼 신라가 이른바 하늘이나 신에게서 특별한 보호를 받아 신성불가침한 나라인 듯 내세우려는 뜻이 드러나 있다.

이러한 사상은 한편으로는 통치자들이 자기 나라에 신성성을 부여하려는 데서도 만들어졌을 것이다. 또 민족적 자의식이 커지면서 외국과 견주어 자기 나라를 내세우려는 측면도 있었을 것이다. 곧 고대적이고 소박한 형태의 민족적 자부심과 애국심이 엿보인다.

처용랑과 망해사

헌강왕(신라 49대 임금) 때에 서울에서 바다 어귀에 이르기까지 집들이 즐비하고 담이 잇달았지만, 초가는 한 채도 없었다. 길거리에는 피리 소리, 노랫소리가 그치지 않았고, 비바람도 철마다 순조로웠다.

어느 날 대왕이 개운포(지금의 울산)에 나가서 놀다가 돌아오는 길이었다. 바닷가에서 점심참으로 쉬고 있는데, 갑자기 구름과 안개가 자욱하게 끼어 길을 찾을 수 없었다. 왕이 괴상하게 생각하여 주위 신하들에게 까닭을 물었더니 천문 맡은 관리가 아뢰었다.

"이것은 동해 용의 장난이오니, 좋은 일을 해서 풀어야 될 것입니다."

이에 해당 관리에게 분부해서 용을 위하여 근처에 절을 짓게 하였더니, 명령이 내리자마자 구름이 걷히고 안개가 흩어졌다. 그래서 그곳을 '개운포'라고 이름 지었다.

동해 바다의 용이 기뻐하여 곧 아들 일곱을 데리고 임금이 탄 수레 앞에 나타나서 왕의 덕을 찬양하면서 춤을 추고 음악을 연주하였다.

용의 아들 하나가 임금을 따라 서울로 들어와서 왕의 정치를 보좌케되었는데, 이름을 '처용'이라 하였다. 왕이 아름다운 여자를 아내로 삼게 하여 머물러 있도록 하고, 또 급간 벼슬까지 주었다.

처용의 아내가 매우 고왔기 때문에 역병 귀신이 탐을 내어 사람으로 변해서 밤에 그 집에 가서 몰래 같이 잤다.

처용이 밖에 나갔다가 집에 돌아와서 두 사람이 누워 있는 것을 보고는 노래를 부르고 춤을 추면서 그만 물러 나갔다.

노래는 이렇다.

동경 밝은 달에

밤 이슥히 놀고 다니다가

들어와 자리를 보니

다리가 넷이구나.

둘은 내 해였고

둘은 뉘 해인고.

본디 내 해다마는

빼앗는 걸 어찌하리.

그러자 역병 귀신이 처용 앞에 정체를 나타내어 꿇어 엎드리면서 말하였다.

"내가 당신의 아내를 탐내서 지금 죄를 지었습니다. 그런데도 당신이 성을 내지 않으니 감동하여 아름답게 여기는 바입니다. 맹세코 이제 부터는 공의 얼굴을 그려 붙인 것만 보아도 그 문 안에 들어가지 않겠습니다."

이때부터 우리나라 사람들이 문간에 처용의 형상을 그려 붙여서 나쁜 귀신을 쫓고 복을 빌었다고 한다.

왕이 돌아온 뒤에 곧바로 영취산(지금의 울산에 있는 산) 동쪽 기슭 좋은 곳에 절을 지었는데 '망해사'라고도 하고 '신방사'라고도 불렀으니 이는 용을 위하여 세운 것이다.

—《삼국유사》

❖ 처용랑 이야기는 개운포 전설과 관련되어 있으며, 또한 신라 향가인 처용가의 창작 동기를 설명하는 설화이다. 또 옛날 사람들이 처용의 모습을 집 문에 그려 붙여 역신을 쫓던 민속의 기원을 알려 주는 설화이기도 하다. 그러나 이 설화에서 가장 중요한 것은 옛날 처용놀이나 처용무의 유래와 기원을 알려 주는 데 있다.

처용무와 처용놀이와 관련해서는 많은 전설이 있고 또한 매우 오랜 기간 동안 발전하면서 우리 고대 예술을 확립하고 풍부하게 하는 데 기여하였다.

용을 구한 거타지

양패는 진성왕(신라 51대 임금)의 막내아들이다. 양패가 당나라 사신으로 갈 때에 백제의 해적들*이 진도*를 가로막고 있다는 말을 듣고 활 쏘는 군사 오십 명을 골라 데리고 갔다. 배가 곡도(우리말로 골대섬)에 이르니 풍랑이 크게 일어나 열흘 남짓 묵게 되었는데, 양패가 근심하여 사람을 시켜 점을 쳤더니 이렇게 말하였다.

"이 섬에 귀신 못이 있는데 그곳에서 제사를 지내는 것이 좋겠습니다."

이에 못에 제물을 차려 놓았더니 못물이 한 길 넘게 용솟음쳐 올랐다. 그날 밤 꿈에 한 노인이 나타나 양패더러 말하였다.

"활 잘 쏘는 사람 하나를 이 섬에 머물러 두게 하면 순풍을 얻을 수 있을 것이다."

양패가 꿈을 깨어 좌우 사람들에게 이 일을 가지고 물었다.

"누가 여기 남아 있으면 좋을까?"

* 여기서 말하는 백제는 후백제를 뜻하거나 옛날 백제 지방을 뜻한다.
* 진도는 지명을 가리키는 것인지 나무와 섬이라는 뜻인지 확실치 않다.

여러 사람이 말하였다.

"나무 조각 쉰 개에 우리 이름을 써서 물에 넣어 잠기는 자에게 머물 게 함이 좋겠습니다."

양패가 그 말대로 하였다.

군사 중에 거타지란 사람이 있어 그의 이름이 물에 가라앉았다. 그를 머무르게 하였더니, 홀연히 순풍이 일어나서 배는 지체 없이 떠났다. 거 타지가 수심에 싸여 섬에 있었더니 돌연히 한 노인이 못 속에서 나와 말 하였다.

"나는 서해 바다 물귀신인데 해 돋을 무렵이면 젊은 중이 하늘에서 내 려와 다라니*를 외우면서 이 못을 세 바퀴 돈다오. 그리고 우리 자손 들의 간과 창자를 빼 먹어 버리곤 해서 지금은 오직 우리 부부와 딸 하나가 남았을 뿐이오. 그 중이 내일 아침에 또 반드시 올 것이오니, 청컨대 그대는 그놈을 활로 쏘아 주시오."

거타지가 말하였다.

"활 쏘는 거야 내가 잘하니 말씀대로 하겠소."

노인이 고맙다고 하고 물속으로 사라지고, 거타지는 숨어서 기다렸다.

이튿날 아침이 되어 동녘이 훤할 때에 과연 젊은 중이 와서 전과 같이 주문을 외워 늙은 용의 간을 내먹으려고 하였다. 그때에 거타지가 활을 쏘아 맞히니 젊은 중이 바로 여우로 변하여 땅에 떨어져 죽었다.

* 다라니는 불교도들이 외우는 주문.

이때 노인이 나와서 고맙다고 하면서 말하였다.

"당신 덕택으로 내 목숨을 보전하였으니 청컨대 내 딸을 아내로 삼아 주시오."

거타지가 말하였다.

"나를 저버리지 않고 따님을 주신다면 이야말로 내가 원하는 바입니다."

노인이 그 딸을 꽃가지로 바꾸어 품속에 간직하도록 하고, 두 마리 용을 시켜 거타지를 떠받들게 하였다. 그리고 사신이 탄 배를 따라가 그 배를 호위하도록 하여 당나라에 들어갔다. 당나라 사람들이 용 두 마리가 신라 배를 지고 오는 것을 보고 그 사연을 황제에게 보고하였더니 황제가 말하였다.

"신라 사신은 아무래도 보통 인물이 아닐 것이다."

그리고 연회를 베풀 때에 그를 여러 신하의 윗자리에 앉히고 금품과 비단을 후하게 주었다. 거타지가 나라에 돌아와 꽃가지를 꺼내 보았더니 여자로 변하였으므로 같이 살았다.

—《삼국유사》

❖ 거타지 이야기는 마치 어떤 시기에 실제로 존재한 역사 인물과 얽혀, 실제 있었던 일인 듯이 서술되어 있다. 그러나 전설들은 이야기꾼들이 자기가 하는 이야기를 실제 일로 청중들에게 믿도록 하려고 덧붙인 것이 적지 않다.

이 설화는 작품에 나오는 역사적 시기보다도 훨씬 더 오래전에 만들어졌으리라 짐작된다. 이것은 먼 태곳적 백성들이 자연을 정복하고 싶어 하는 마음을 반영한 설화일 것이다. 그러던 것이 오랫동안 전해지는 사이에 일정한 시기의 역사 인물과 결부된 이야기로 변한 것이다. 곧 이 설화에서는 신라 사람들이 자기 나라를 훌륭하고 특이한 것으로 내세우려는 마음이 보인다.

까마귀도 속인 화가 솔거

솔거는 신라 사람인데 출신이 보잘것없었기에 집안 내력이 전해지지 않았으나, 선천적으로 그림을 잘 그렸다.

일찍이 황룡사 벽에 노송을 그렸는데 몸대와 줄기가 비늘같이 우툴두툴하며 가지와 잎이 얼기설기로 구불구불하였다. 까마귀, 솔개, 제비, 참새들이 이따금 멀리서 보고 날아들다가, 벽에 부딪혀 떨어지곤 하였다.

세월이 오래되어 빛깔이 변하자 절간 중들이 단청으로 덧칠하였더니 새들이 다시는 오지 않았다. 또 경주 분황사의 관음보살과 진주 단속사의 유마 화상이 모두 그가 그린 것인데, 세상에 전하기를 귀신 솜씨라고 한다.

—《삼국사기》

❖ 솔거가 얼마나 살아 움직이는 듯한 사실적 화법으로 사물을 묘사한 화가였는지를 이 이야기로 잘 알 수 있다. 솔거의 그림은 하나도 남아 있지 않지만 이 이야기를 읽다 보면 황룡사 벽에 그렸던 그 노송을 보는 듯하다. 솔거의 신묘한 화법과 함께 《삼국사기》를 쓴 김부식의 묘사가 얼마나 뛰어난지도 볼 수 있다.

다시 살아난 선율

망덕사의 중 선율은 시주 받은 돈으로 《육백반야경》*을 만들려고 하다가 일이 미처 끝나기 전에 갑자기 저승으로 잡혀갔다.

염라대왕이 물었다.

"너는 인간 세상에서 무슨 일을 하였느냐?"

선율이 대답하였다.

"소승이 늘그막에 대품경을 만들려고 하다가 일을 아직 끝맺지 못하고 왔습니다."

염라대왕이 말하였다.

"너는 수명이 비록 다하였지만 좋은 소원을 아직 마치지 못했으니, 마땅히 인간 세상으로 돌아가 보배로운 일을 끝맺으라."

그러고는 선율을 돌려보냈다.

돌아오는 길에 웬 여자가 울며 앞에 와서 절하고 말하였다.

"나도 남염주 사람인데 부모님께서 금강사의 논 한 이랑을 훔친 죄로

---

* 《육백반야경》은 불경 《대반야경》을 말한다. 본디 이름은 《대반야바라밀다경》인데 모두 육백 권이다.

저승에 잡혀 와서 오랫동안 모진 고초를 받고 있습니다. 대사가 고향에 돌아가시거든 내 부모님께 일러서 그 논을 빨리 돌려주라고 하십시오.

그리고 내가 세상에 있을 때 참기름을 침상 밑에 숨겨 두고, 고운 베를 이불 사이에 감추어 두었습니다. 대사가 그 기름을 가져다가 부처님께 공양 등불을 켜 주시고, 그 베를 팔아 불경 베끼는 비용에 써 주신다면 황천에서도 은혜가 될 것이요, 이 고초에서 벗어날 수 있을까 하나이다."

선율이 물었다.

"그대 집이 어디인고?"

"사량부 구원사 서남쪽 마을입니다."

선율이 이 말을 듣고 막 걸어가려 하자, 다시 살아났다. 그때는 그가 죽은 지 이미 열흘이 되어 남산 동쪽 기슭에 이미 장사를 지낸 뒤였다. 그가 무덤 속에서 사흘 동안이나 살려 달라고 부르짖자, 지나가던 목동이 그 소리를 듣고 절에 와서 일러 주어 절 중들이 가서 무덤을 파고 꺼냈다.

선율이 지난 일을 자세히 말하고 여자의 집을 찾아갔더니, 그가 죽은 지 십오 년이 되었으나 참기름과 베는 그대로 있었다. 선율이 그의 말대로 명복을 빌었더니, 여자의 혼이 와서 알렸다.

"대사의 은혜에 힘입어 내가 이미 고초를 벗어났습니다."

당시 사람들이 그 이야기를 듣고 놀라고 감탄치 않는 이가 없었고, 그

를 도와 불경을 완성하였다. 그 경전이 지금까지 경주 승려 관청에 간직
되어 있어 해마다 봄가을로 펴 읽어서 액막이를 하고 있다.

—《삼국유사》

❖ 선율대사의 이야기는 악한 행위를 하면 지옥에 간다는 불교의 가르침이 중요한 구성

요소로 갖추어진 설화이다. 이 이야기를 통해 불교가 성행했던 시기에 지옥의 가르침이

어떻게 민중들에게 전달되었고 영향을 미쳤는지 살펴볼 수 있다.

4부
그대를 위해 방아 노래로 위로하리라

공을 세우고도 인정받지 못한 물계자

물계자는 내해이사금(신라 10대 임금) 때 사람으로 집안은 보잘것없으나 인품이 쾌활하여 소년 때부터 큰 뜻을 품었다. 당시 바닷가 여덟 나라가 공모하여 아라국을 치니* 아라에서 사신을 보내 도와줄 것을 청하였다.

이사금이 왕손 내음을 시켜서 부근 고을과 육부의 군사를 거느리고 가서 아라국을 도와 여덟 나라의 군사를 쳐부수었다. 이 전쟁에서 물계자가 공이 컸으나 왕손에게 미움을 받았기 때문에 그가 세운 전공이 기록되지 않았다.

어떤 사람이 물계자에게 말하였다.

"그대는 공이 매우 큰 데도 기록되지 않은 것을 원망하는가?"

물계자가 말하였다.

"무엇을 불평하겠는가?"

---

* 아라국을 친 것을, 《삼국사기》에는 내해이사금 14년(209)의 일로 되어 있고, 《삼국유사》에는 내해이사금 17년(212) 때의 일이라고 쓰여 있다. 아라국은 여섯 가야국 가운데 아라가야를 말한다. 아라가야는 지금의 경상남도 함안 지방에 있었다.

어떤 사람이 또 말하였다.

"왜 임금에게 알리지 않는가?"

물계자가 답하였다.

"공을 자랑하고 이름을 구하는 것은 뜻있는 선비가 할 일이 아니네. 다만 자기 뜻을 가다듬어 뒷날을 기다릴 따름이네."

그 뒤 삼 년이 되던 해에 골포, 칠포, 고사포 등 세 나라* 사람들이 갈화 성(지금의 경남 울산)을 공격하였다. 왕이 군사를 거느리고 나가 세 나라의 군사를 크게 깨뜨렸다. 물계자가 적군 수십여 명을 잡아서 죽였으나 공을 논의할 때 역시 얻은 바가 없었다. 이에 그가 아내에게 말하였다.

"일찍이 들으니, 신하된 도리는 위급한 것을 보면 목숨을 바쳐야 하고 어려운 고비를 당하면 자기 몸을 잊어야 한다고 하였소. 전날 여덟 나라가 싸운 것이나 갈화 싸움은 위급하고도 어려웠다고 할 수 있다오. 그런데 남에게 알려지도록 목숨과 몸을 바치지 못하였으니, 무슨 면목으로 거리에 나다니겠소."

그러고는 마침내 머리를 풀어헤치고 거문고를 가지고 사체산으로 들어가 돌아오지 아니하였다.

―《삼국사기》

❖ 물계자의 전기는 《삼국사기》, 《삼국유사》에 대체로 비슷한 내용이 실려있는데 《삼국

* 골포, 칠포, 고사포 등 세 나라는 지금의 경상남도 동남단 해안가에 있던 작은 나라들이다. 골포는 지금의 경상남도 마산, 곧 예전의 합포를 말한다.

유사》에 실린 것이 좀 더 자세하다.

《삼국유사》에는 바닷가의 여덟 나라가 보라국(지금의 경남 고성에 있었던 나라) 등이었다는 것을 밝히고 있다. 또 물계자가 사체산에 들어가서 생활한 형편도 조금 더 자세히 전한다.

《삼국유사》에 따르면 물계자는 사체산에 들어가서 대나무의 곧은 성질이 병통임을 슬퍼하면서 여기 빗대어 노래를 지었다고 한다. 이 노래를 '물계자가'라고 부르고 있다. 또한 돌돌 흐르는 시냇물 소리에 의탁하여 거문고를 타고 곡조를 지으며 은거 생활을 하여 다시 세상에 나오지 않았다고 한다. 추측건대 그의 '물계자가'나 그가 지은 음악 곡조들에는 당시 현실에 대한 불평이 반영되어 있었을 것이다. 그러나 이것들은 지금까지 전하지 않는다.

말 한마디 때문에 목숨을 내놓은 석우로

석우로는 내해이사금의 아들이다. 혹은 각간 수로의 아들이라고도 한다.

신라 조분이사금(신라 11대 임금) 2년(231) 칠월에 이찬으로 대장군이 되어 감문국(지금의 경북 김천에 있던 나라)을 쳐들어가 깨뜨리고 그 지역을 군현으로 만들었다. 4년 칠월에 왜인이 쳐들어왔으므로 석우로가 사도(지금의 경북 영동)에서 그들을 맞받아 싸웠다. 바람을 이용하여 불을 놓아 적의 전함을 불태우니 적들이 물에 뛰어들어 모조리 죽었다.

15년 정월에 서불한(각간 벼슬)으로 벼슬이 올라 지병마사를 겸하였다.

16년에 고구려가 북쪽 변경을 침범하므로 석우로가 나가 치다가 이기지 못하고 물러와 마두책(지금의 경남 거창)을 지켰다. 밤이 되어 군졸들이 몹시 추워하므로 석우로가 몸소 다니면서 위로하고 손수 땔나무를 때어 따뜻하게 해 주니, 여러 사람이 감격하여 솜옷을 입은 듯이 기뻐하였다.

첨해이사금(신라의 12대 임금)이 왕위에 있을 때에 신라의 속국이었던 사량벌국(지금의 경북 상주에 있던 나라)이 갑자기 배반하여 백제에 붙었다. 석우로가 군사를 거느리고 가서 사량벌국을 쳐서 없애 버렸다.

7년*에 왜 사신 갈나고가 사관에 와 있을 때에 석우로가 응대하게 되었다. 석우로가 그에게 농담으로 말하였다.

"조만간에 너희 왕을 염전의 종으로 만들고 너희 왕비는 부엌데기로 만들겠다."

왜왕이 이 말을 듣고 성을 내어 장군 우도주군을 보내어 우리나라를 치므로 왕이 서울을 떠나서 유촌에 나가 있게 되었다.

석우로가 말하였다.

"오늘의 환란은 내가 말을 조심하지 않은 데서 비롯된 것이니 내가 책임을 지겠습니다."

드디어 왜군에게 가서 말하였다.

"지난날에 한 말은 농담일 따름이었는데 이렇게 군사를 출동하기까지 될 줄이야 어찌 생각하였으랴?"

왜인이 답변을 하지 않고 그를 붙잡아 섶 더미 위에 놓고 불태워 죽인 다음 가 버렸다. 이때 석우로의 아들은 어려서 걸음을 걷지 못하므로 다른 사람이 안아다가 말에 태워 돌아왔다. 이가 뒷날에 흘해이사금(신라 16대 임금)이 되었다.

미추왕 때에 왜국 대신이 예방하였는데 석우로의 처가 왕에게 왜국 사신을 사사로이 대접하겠다고 청했다. 왜 사신이 흠뻑 술에 취했을 때

* 첨해이사금 7년, 곧 253년이다. 이 전기에는 석우로가 이 해에 죽었다고 되어 있으나, 《삼국사기》 〈신라본기〉를 보면 첨해이사금 3년 사월로 되어 있다.

장사를 시켜 뜰에 내려다가 불태워 죽여서 지난날의 원수를 갚았다. 왜인들이 분개하여 금성(지금의 경주 동쪽에 있는 성)에 쳐들어왔으나 이기지 못하고 돌아갔다.

석우로가 당시 대신으로 군사, 정치를 장악하여 싸우면 반드시 이겼고, 이기지 못하더라도 패하지는 않았으니 그의 지혜와 책략이 정녕 남보다 특출한 데가 있었을 것이다.

그러나 말 한마디 잘못으로 스스로 죽음의 길로 들어섰고, 또 두 나라 사이에 싸움까지 일으켰다. 그의 아내가 원수를 갚은 것도 변칙이라 할지언정 정당한 일은 아니다. 그렇지 않았더라면 그의 공적도 기록할 만하다.

―《삼국사기》

❖ 석우로는 주로 3세기 전반기에 활동한 인물이다. 이 시기에 이미 신라는 끊임없이 바다 건너에서 쳐들어오는 왜구의 침공과 노략질을 물리치면서 가까운 군소 국가들을 병합하여 강대한 국가로 발전하고 있었다. 석우로는 이러한 시기에 정치 군사적 활동을 통하여 신라 국가 발전에 적지 않은 공을 세운 사람이다. 또한 그는 훌륭한 군사 활동가였을 뿐만 아니라 군사들을 사랑하고 잘 돌보는 장군이었다.

가난한 음악가 백결 선생

백결 선생은 어떤 사람인지 알 수 없다. 그는 낭산* 밑에서 살았는데 집이 몹시 가난하여 옷을 누덕누덕 기워 마치 늘어진 메추라기 같았으므로 사람들이 '동쪽 마을 백결 선생'이라고 했다.

일찍이 영계기의 사람됨을 본받아 거문고를 가지고 다니면서 기쁘거나 성나거나 슬프거나 즐겁거나 불평스러운 일을 모두 거문고로 표현하였다.

한 해가 저물려고 할 때에 이웃집들에서는 곡식 방아를 찧고 있는데, 그의 아내가 방아 소리를 듣고 말하였다.

"남들은 모두 곡식이 있어서 방아질을 하는데 우리만 곡식이 없으니 무엇으로 설을 쇠리오?"

백결 선생이 하늘을 우러러 한탄하며 말하였다.

"무릇 죽고 사는 것에는 운명이 있고, 부귀는 하늘에 달려 있어, 오는 것을 막을 수 없고, 가더라도 붙잡지 못하는 것인데, 그대는 왜 서러워

---

* 낭산은 경주를 둘러싸고 있는 토함산, 선도산, 남산, 금강산의 가운데 있는 나지막한 산인 듯하다.

하는가? 내가 그대를 위해 방아 소리를 내어 위로하리라."

이에 거문고를 퉁겨 방아 찧는 소리를 냈다. 세상에 전해져서 '방아타령'이라고 한다.

—《삼국사기》

❖《삼국사기》〈잡지〉를 보면 백결 선생은 자비왕(신라 20대 임금) 때 사람이다. 그는 이 전기에서 볼 수 있듯이 매우 가난하게 산 불우한 음악가였다. 이 전기 작품은 봉건사회에서 기막히게 살아가는 한 음악가에 관한 눈물겨운 이야기이다.

음악가 우륵

《신라고기》에는 다음과 같은 기록이 있다.

가야국의 가실왕*이 가야금을 만들고 이에 대해 말하였다.

"모든 나라의 말은 각각 그 성음이 같지 않은데 어찌 곡조가 꼭 하나
가 될 수 있겠는가?"

이에 음악가인 성열현(지금의 경북 고령) 사람 우륵을 시켜서 열두 곡
을 만들게 하였다.

그 뒤에 우륵은 그 나라가 장차 어지러워지리라고 짐작하고 악기를
가지고서 신라 진흥왕(신라 24대 임금)에게 귀순하였다. 진흥왕이 그를
받아들여 국원(지금의 충북 청주)에 안착해 살게 하였다. 그리고 대나마
주지, 계고, 대사 만덕 들을 보내 그 기예를 전수받도록 하였다.

그리하여 세 사람이 이미 우륵이 창작한 열한 곡까지 전수받고, 그들
이 서로 의논하였다.

"이 음악은 번잡하고 음탕하여 우아하고 바르다고 할 수 없다."

*가실왕은 여섯 가야 중 어느 가야의 왕인지 알려져 있지 않다. 《삼국사기》에서는 신라 진흥왕이 우
륵과 그의 제자 이문을 불렀다고 한다.

196

그러고는 그것을 요약하여 다섯 개 곡으로 완성하였다.

우륵이 처음에 이 이야기를 듣고 성을 내었으나 그 다섯 가지 음곡을 들어 보고는 눈물을 흘리면서 감탄하여 말하였다.

"흥겨운 감흥을 주면서도 방탕에 흐르지 않았고, 애달픈 맛이 있으나 슬프지 않았으니 과연 바르다고 할 수 있다. 그대들은 임금 앞에서 이를 연주하라."

진흥왕은 곡조들을 들어 보고 크게 기뻐하였다. 이때 간관들이 건의하였다.

"가야에서 나라를 망친 음악이니 취할 것이 못됩니다."

왕이 대답하여 말하였다.

"가야 왕이 음탕하고 난잡하여 저절로 망한 것이지 음악에 무슨 죄가 있단 말인가! 무릇 성인이 음악을 제정하면서 사람의 정서에 따라 조절하고 억제하도록 한 것이니, 나라가 태평하거나 어지러운 것은 음률과 곡조로 말미암은 것이 아니다."

마침내 그 곡을 연주하게 하고 대악으로 삼았다.

—《삼국사기》

❖《신라고기》는 신라 시대를 기록한 역사서로 현재 전하지 않는다.

　삼국시대에 우리 민족 문화 예술은 이미 눈부시게 발전하고 있었다. 우리 민족사에 길이 빛날 유명한 음악가, 화가, 조각가, 문인들이 이 시기에 많이 나왔다. 우륵은 바로 가야 출신의 유명한 고대 음악가이다.

우륵은 가야금을 처음으로 창안하고 제작했다. 가야금은 자랑스러운 민족 악기이며 오늘날까지 폭넓은 대중의 사랑을 받고 있다. 또 이에 맞는 열두 편의 악곡을 창작한 유명한 음악가다.

죽어서도 왕의 허물을 고친 김후직

김후직은 지증왕(신라 22대 임금)의 증손이다. 그는 진평대왕을 섬겨 이찬이 되었다가 병부령의 임무를 맡았다. 대왕이 사냥하기를 너무 좋아하므로 김후직이 간하였다.

"옛날 임금들은 하루에도 만 가지 일을 보살폈으되, 깊이 생각하고 멀리 염려하였습니다. 그리고 좌우에 올바른 사람들을 두어 바른말을 받아들이며, 부지런하고 꾸준하여 감히 안일한 마음을 품지 않았습니다. 이러한 뒤에야 정사가 순후하고 아름답게 되어 국가를 보전할 수 있었습니다.

그런데 이제 전하는 날마다 건달과 사냥꾼을 데리고 매와 사냥개를 놓아 꿩과 토끼를 잡기 위하여 산과 들로 뛰어다니는 일을 스스로 그치지 못하고 있습니다.

노자는 말하기를, '사냥에 정신이 팔리면 사람의 마음을 걷잡지 못한다'고 하였습니다. 또 《서경》에 이르기를, '안으로 계집에게 미치거나 밖으로 사냥에 미치거나 이 중에서 한 가지만 저질러도 망하지 않는 자가 없다'고 하였습니다.

이를 보면 사냥이란 안으로는 마음을 방탕하게 하고 밖으로는 나라를 망치는 것이라 반성하지 않을 수 없사오니 전하는 유념하소서."

왕이 좋지 않으니 다시 간절하게 간하였지마는 결국 받아들여지지 않았다. 그 뒤에 김후직이 병들어 죽음을 앞두게 되었을 때에 세 아들에게 일렀다.

"내가 신하로 임금의 허물을 바로잡아 주지 못하였다. 만일 대왕이 방탕한 오락을 그치지 않는다면 이로 패망하게 될 것인데, 이것이 내가 근심하는 바이다. 내가 죽어서라도 기어이 임금을 깨우쳐 주려는 생각이 있으니 내 시체를 대왕이 사냥 다니는 길 옆에 묻어 다오."

아들들이 유언대로 하였다.

뒷날에 왕이 사냥을 나가다가 도중에 무슨 소리가 들리는데 마치 이렇게 말하는 듯하였다.

"가지 말라!"

왕이 돌아보면서 물었다.

"저 소리가 어디서 나느냐?"

수행하던 자들이 고하였다.

"저 소리는 이찬 김후직의 무덤에서 납니다."

이어서 김후직이 죽을 때 남긴 말을 전해 주었더니, 왕이 침통하게 눈물을 흘리면서 말하였다.

"그대는 충성으로 간하다가 죽어서도 잊지 않으니, 나에 대한 사랑이 지극하다. 내가 끝끝내 허물을 고치지 않는다면 살아서나 죽어서나

무슨 낯으로 대하겠는가!"

마침내 죽을 때까지 다시 사냥을 하지 않았다.

—《삼국사기》

❖ 김후직은 6세기 후반기에 활동한 사람이다. 그는 이 전기 작품에서 충신으로 그려진다. 김후직이 왕에게 간언한 내용을 보면, 국가를 강화하기 위한 통치 계급의 이해관계를 따르면서도 왕의 옳지 않은 정치 태도와 방탕한 생활을 대담하고 신랄하게 지적하고 있다.

설 씨의 딸

설 씨는 율리(지금의 경주 부근)에 사는 일반 백성 집 딸이었다. 비록 집안이 보잘것없고 외로웠으나, 얼굴이 단정하고 마음과 행실이 얌전하였다. 그를 보는 사람이면 모두 그의 어여쁨을 사랑하였지마는 감히 가까이 다가서지 못하였다.

진평왕 때 설 씨의 아버지가 노인임에도 불구하고 정곡(지금의 경남 산청)에서 가을철 군역에 당번을 서게 되었다. 그는 아버지가 늙고 병이 들어서 차마 멀리 보낼 수 없었고, 여자 몸으로 아버지를 모시고 갈 수도 없어서 고민만 하고 있었다.

이때에 사량부에 사는 소년 가실은 비록 가난하고 어려웠으나 지조가 고상한 총각이었다. 일찍이 설 씨를 좋아하였으나 말을 못하고 있었다. 설 씨가 자신의 아버지가 늙은이로서 군사로 나가게 된 것을 걱정한다는 말을 듣고 마침내 가실은 설 씨에게 자청하여 말하였다.

"내 비록 하잘것없는 사나이나 일찍이 의지와 기개로 자부해 온 터이니 이 변변치 못한 몸으로 그대 아버지의 군역을 대신하고자 합니다."

설 씨가 매우 기뻐서 아버지에게 들어가 이 말을 아뢰었다. 그의 아버지가 가실을 불러 보고 말하였다.

"그대가 늙은 사람의 걸음을 대신하고자 한다는 말을 들으니 기쁘고 미안한 마음을 금할 수 없어 그대의 은혜를 갚고자 하네. 만일 그대가 못나고 더럽다 하여 버리지 않는다면 어린 내 딸을 주어 그대 아내로 삼으려 하네."

가실이 두 번 절하면서 말하였다.

"감히 바랄 수 없으나 제가 바라던 바였습니다."

이에 가실이 물러나와 혼인 날짜를 청하니, 설 씨가 말하였다.

"혼인은 인간대사이므로 함부로 치를 수는 없습니다. 내가 이미 마음을 그대에게 허락하였으니, 죽는 한이 있더라도 변함이 없을 것입니다. 그대가 군역에 나갔다가 교대하여 돌아오신 뒤에 날을 받아 혼례를 치러도 늦지 않을 것입니다."

설 씨는 말을 마치고 거울을 꺼내어 절반을 갈라서 따로 한 쪽씩 가지고 말하였다.

"이것을 신표로 하여 뒷날에 맞추어 보면 될 것입니다."

가실에게 말 한 필이 있었는데 설 씨에게 일렀다.

"이 말은 천하에 좋은 말인데 뒷날 반드시 쓸 데가 있을 것이오. 지금 내가 걸어서 가고 나면 이 말을 기를 사람이 없으니 여기에 두고 부리기를 바라오."

그러고는 작별을 하고 떠났다.

그 뒤에 나라에 변고가 있어서 교대할 병사를 보내 주지 않는 바람에

육 년이 지나도록 가실이 돌아오지 못하였다. 설 씨 아버지가 딸에게 일 렀다.

"가실이 처음에 삼 년으로 기한을 정하였는데 지금 기한이 벌써 지났 으니 다른 집으로 시집을 가도 좋을 것이다."

설 씨가 말하였다.

"지난날 아버지 몸을 편안하게 하기 위하여 어쩔 수 없이 가실과 약속 을 하였습니다. 가실도 이를 믿었기 때문에 여러 해 동안 군무에 종사 하여 배고픔과 추위를 참으며 고생하고 있습니다. 하물며 그가 적의 국경에 가까이 있어 손에 병기를 놓지 않고 있으니, 마치 범의 아가리 에 가까이 서 있는 것과 같은지라 늘 물리지나 않을까 염려됩니다. 그 러할진대 신의를 저버리고 약속을 어기는 것이 어찌 사람의 정리라 하겠습니까? 아무래도 아버지의 말씀에 따를 수 없사오니 다시 말씀 하시지 마세요."

아버지는 늙고 정신이 흐릿해 자기 딸이 장성하였는데 짝이 없다 하 여 억지로 시집을 보내려고 하였다. 그래서 몰래 한마을에 사는 사람에 게 약혼을 하여 혼인날을 받아 놓고 그 사람을 끌어들였다. 설 씨가 굳 이 거절하고 가만히 도망하려다가 뜻을 이루지 못하게 되니, 마구간에 가서 가실이 두고 간 말을 보고 큰 한숨을 쉬면서 눈물을 흘렸다.

이때 가실이 교대하여 돌아왔는데 모습이 수척하고 옷이 낡고 해져 집안사람들도 그를 알아보지 못하고 딴사람이라고 하였다. 가실이 앞 으로 내달아 깨진 거울을 던지니 설 씨가 이것을 받아 들고 흐느껴 울었다. 아버지와 집안사람들은 너무도 기뻐서 어쩔 줄을 몰랐다.

마침내 좋은 날을 골라서 혼례를 치렀으며, 가실과 함께 백년해로를 하였다.

—《삼국사기》

❖ 이 이야기는 설 씨와 가실이 고난을 극복하고 혼인하는 내용이다. 반으로 쪼개졌던 거울을 맞추어서 다시 만난다는 신물 설화와 맥을 같이 한다. 《삼국사기》 열전에 등장하는 대부분의 여성처럼 설 씨는 정절을 중요하게 여기는 열녀로 그려지고 있다. 하지만 유교적인 입장이 아니라 아버지의 잘못된 결정을 주체적으로 바로잡는 점에 주목해야 한다. 인간 보편의 윤리인 신의를 강조하고 있는 점 말이다.

설 노인이 매우 늙었는데도 국경 방위 사업에 강제 동원되었으며, 또한 그를 대신하여 간 청년 가실은 약속한 삼 년을 곱하여 육 년이나 고된 군역에 복무한다. 여기에는 국가 통치자들이 강요한 쉼 없는 전쟁으로 고통받고 시달리는 이들의 삶이 반영되어 있다.

선덕여왕이 알아맞힌 세 가지

덕만은 시호가 선덕여대왕이요, 성은 김씨고 아버지는 진평왕이다. 그가 즉위하여 나라를 다스린 16년 동안에 미리 알아맞힌 일이 모두 세 가지가 있다.

첫째는 당나라 태종이 붉은빛, 자줏빛, 흰빛 세 가지 빛깔의 모란꽃 그림과 꽃씨 석 되를 보내왔을 때의 일이다. 왕이 꽃 그림을 보고 말하였다.

"이 꽃은 향기가 없을 것이다."

이어 씨를 뜰에 심게 하여 꽃이 피었다 떨어질 때까지 기다렸더니 과연 왕의 말과 같았다.

둘째는 영묘사 옥문지에서 겨울철에 많은 개구리가 모여 사나흘을 두고 울었을 때의 일이다. 나라 사람들이 괴이하게 여겨 왕에게 물었다. 왕이 급히 각간 알천, 필탄 등에게 정예병사 이천 명을 뽑아 가지고 빨리 서쪽 교외로 가라고 명령하였다. 그러면서 여근곡을 찾아가면 거기에 반드시 백제 군사가 있을 터이니 그들을 기습해서 잡아 죽이라고 하였다. 두 각간이 명령을 받들어 각각 천 명 되는 군사를 거느리고 서쪽 교외로 가서 물었더니 부산 밑에 과연 여근곡이 있었다. 그리고 거기에 백

제 군사 오백 명이 와서 숨어 있으므로 모조리 쳐 죽였다.

백제 장군 우소라는 자가 남산 고개 바윗돌 위에 숨어 있는 것도 포위하여 활로 쏘아 죽였다. 또 그 뒤에 군사 천이백 명이 오는 것을 역시 모두 쳐서 죽이고 한 사람도 남기지 아니하였다.

셋째는 왕이 아무런 병도 앓지 않을 때에 여러 신하더러 이렇게 말한 것이다.

"내가 아무 해, 아무 달, 아무 날에 죽을 것이니 나를 도리천 가운데 장사 지내라."

여러 신하가 그곳을 알지 못하여 그곳이 어디냐고 여쭈었다.

"낭산 남쪽이니라."

왕이 가리키며 대답하였다.

그달 그날에 이르러 왕이 정말 죽었다. 여러 신하가 낭산 남쪽에 장사 지내었더니, 그 뒤 십여 년 만에 문무왕이 사천왕사를 왕의 무덤 밑에 지었다.

"사천왕천 위에 도리천*이 있다."

불경에 이렇게 이르고 있으니, 그제야 선덕여왕이 신령함을 알 수 있었다.

살아 있을 당시에 여러 신하가 왕에게 물었다.

"어떻게 하여 모란꽃과 개구리 사건이 그럴 줄 아셨습니까?"

---

* 사천왕천과 도리천은 불교에서 나온 말로 하늘에 33천이 있는데 중앙에 도리천이 있어 여기에 옥황상제가 앉아서 이 33천을 통제한다고 한다.

왕이 대답했다.

"꽃을 그리면서 나비가 없으니 향기가 없음을 안 것이다. 이것은 바로 당나라 황제가, 내가 혼자 지내는 것을 조롱한 것이다.

또 개구리는 성낸 꼴을 하고 있는 것은 군사의 모습이요, 옥문이란 여자의 음문이다. 여자는 음이요, 그 빛은 흰빛이니 흰빛은 곧 서쪽 방위다. 그런 까닭으로 군사가 서쪽에 있다는 것을 알 수 있었다. 이로써 잡기 쉬움을 안 것이다."

이 말을 들은 여러 신하가 모두 그 밝은 지혜에 탄복하였다.

―《삼국유사》

❖ 선덕여왕에 얽힌 이야기는 내용이 어느 정도 실제 사실과 맞는지는 알 수 없다. 그러나 《수이전》, 《삼국사기》, 《삼국유사》 같은 우리나라 옛 문헌들을 보면 다 같이 비슷한 내용의 이야기가 실려 있다.

《삼국유사》의 기록에는 사건의 연대가 명확하지 않지만, 《삼국사기》를 보면 꽃 이야기는 선덕여왕이 아직 공주로 있을 때 일이다. 또 개구리 사건은 왕위 즉위 5년 오월에 있었던 일로 적혀 있다.

개구리 이야기와 왕이 자기가 죽을 날짜를 알아맞혔다는 이야기에는 유교적, 불교적인 색채가 아주 많이 보태어 있다.

어진 문장가 강수

강수는 중원경(지금의 충북 청주) 사량 사람으로 아버지는 나마(벼슬 이름) 석체이다. 그 어머니가 꿈에 뿔 달린 사람을 보고 임신하여 아들을 낳았는데, 아이의 머리 뒤에 불거진 뼈가 있었다. 석체가 이 아이를 안고 당시 어질다고 알려진 사람에게 가서 물었다.

"아이의 머리뼈가 이렇게 생겼으니 어떠하오?"

그가 대답하였다.

"내가 들으니 복희씨는 범의 형상이요, 여와씨는 뱀의 몸이요, 신농씨는 소의 머리요, 고요는 말의 입이라 하였습니다.* 이렇듯 성현들도 다 같은 사람이었지마는 얼굴이 범상치 않은 사람이 있었습니다. 또한 이 아이의 머리를 보니 검은 사마귀가 있습니다. 관상법에 얼굴의 검은 사마귀는 좋지 않으나 머리의 검은 사마귀는 나쁘지 않다고 하였으니, 틀림없이 심상치 않은 아이일 것입니다."

아버지가 돌아와서 아내에게 일렀다.

---

* 복희씨와 신농씨는 중국 고대 전설 속 제왕이다. 여와씨는 중국의 천지창조에 나오는 여신이며, 고요도 중국 고대 전설 속 인물이다.

"이 자식이 보통 아이가 아니라 하니 잘 길러서 앞으로 나라의 중요한 인재가 되게 합시다."

강수가 커 가면서 스스로 책을 읽을 줄 알아 뜻과 이치를 환하게 깨우쳐 알았다.

아버지가 그의 뜻을 떠보기 위하여 물었다.

"너는 불교 공부를 하겠느냐, 유교 공부를 하겠느냐?"

강수가 대답하였다.

"제가 들으니 불교는 세속을 떠난 교리로 세상 사람들을 어리석게 한다 하니 어찌 불교 공부를 하겠습니까? 저는 유가의 도를 배우고자 합니다."

아버지가 말하였다.

"네 좋을 대로 하라."

그리하여 강수가 스승에게 나아가 《효경》, 〈곡례〉, 《이아》, 《문선》 등을 읽었다.

그가 배운 것은 비록 많지 않았으나 이해한 것은 훨씬 높고 원대하여, 당대에 아주 뛰어난 인물이 되었다. 벼슬을 하면서부터는 관직들을 두루 지내면서 당시 이름난 인물이 되었다.

강수가 일찍이 부곡(지금의 충북 제천)에 있던 대장장이의 딸과 뜻이 맞아 정이 매우 두터웠다. 강수 나이 스무 살이 되자 부모가 번듯한 집안의 여자로 얼굴과 행실이 좋은 자를 가려 장가를 들이려 하였다. 강수가 두 번 장가들 수 없다고 거절하였더니, 아버지가 성을 내며 말하였다.

"네가 지금 명망이 있어서 세상 사람이 다 알고 있는데, 미천한 자를 배필로 삼는다면 부끄럽지 아니하겠느냐?"

강수가 공손히 절하여 말하였다.

"가난하고 미천한 것은 부끄러운 것이 아닙니다. 도리어 도를 배우고도 실행하지 않는 것이 정말 부끄러운 것입니다. 일찍이 들으니 옛날 사람의 말에, '고생을 같이 하던 아내는 홀대하지 아니하고 가난하고 미천할 때에 사귄 친구는 잊어서는 안 된다' 하였습니다. 미천한 자라고 해서 차마 버릴 수는 없습니다."

태종무열왕이 왕위에 오른 뒤에 당나라 사신이 와서 조서를 전하였는데, 그 가운데에 이해하기 어려운 대목이 있었다. 왕이 강수를 불러 물으니 그가 왕 앞에서 한 번 보고는 머뭇거리거나 막히는 데가 없이 풀이하였다. 왕이 놀라고 기뻐하며 늦게 만난 것을 한탄하고 그의 성명을 물으니 강수가 대답하였다.

"신은 원래 임나* 가량 사람으로 이름은 자두입니다."

왕이 말하였다.

"그대의 머리를 보니 강수 선생이라고 불러야겠다."

그러고는 당나라 황제의 조서에 회답하는 표문을 지으라 하였다.

그의 글이 세련되고 뜻이 충분히 함축되어 있으므로, 왕이 더욱 그를 기특히 여겨 그의 이름을 부르지 않고 '임생'이라고 하였다.

---

* 임나는 지금의 경상남도 지방에 있던 금관가야를 가리킨다.

강수는 언제나 생계에 관심을 두지 않고 집이 가난하여도 늘 만족했다. 왕이 관리에게 명령하여 해마다 신성에서 거두는 벼 백 섬씩을 주게 하였다.

문무왕이 말하였다.

"강수가 문장에 관한 일을 스스로 맡아 편지로 중국, 고구려와 백제에 뜻을 잘 전하였기에 그들과 우호 관계를 맺는 데 성공할 수 있었다."

그리고, 그에게 사찬 벼슬을 주고 해마다 벼 이백 섬씩을 녹봉으로 주었다.

신문대왕 때에 이르러 강수가 죽으니 장사 비용을 나라에서 맡아 주었다. 부의로 받은 옷과 피륙이 아주 많았는데 집안사람은 그것을 사사로이 차지하지 않고 모두 불공하는 데 돌렸다. 그의 아내가 먹을 것이 없어서 고향으로 돌아가려 하므로 대신이 이 말을 듣고 왕에게 청하여 벼 백 섬을 주었다. 강수의 아내가 사양하여 말하였다.

"나는 천한 몸으로 남편을 따라 입고 먹었기 때문에 나라의 은혜를 입은 것이 많았습니다. 지금은 홀로 되었거니 어찌 나라의 후한 대우를 다시 받을 수 있겠습니까?"

그리고는 끝내 벼 백 섬을 받지 않고 고향으로 돌아갔다.

《신라고기》에 이렇게 이르고 있다.

"문장은 강수, 제문, 수진, 양도, 풍훈, 골번이다."

그러나 제문 이하 사람들은 사적이 남지 않아 전기를 쓸 수 없다.

—《삼국사기》

❖ 강수는 7세기 중엽에 활동한 신라의 이름 높은 문장가이며 학자다. 그는 유교를 받들고 한문에 뛰어나 그것으로 신라의 외교 활동에 세운 공로가 크다. 그러나 유감스럽게도 그의 작품은 현재 하나도 전하지 않는다.

"가난하고 미천한 것은 부끄러운 것이 아닙니다. 도리어 도를 배우고도 실행하지 않는 것이 정말 부끄러운 것입니다"라는 말은 강수의 건실하고 고매한 품성을 잘 보여준다.

죽어서 나라를 구한 관창

관창은 신라 장군 품일의 아들이다.

그는 풍채가 잘났으며, 어린 나이에 화랑이 되었다. 다른 사람과 사귀기를 좋아하였으며, 열여섯 살에 말 타고 활쏘기를 잘하였다. 어느 대감이 그를 태종대왕(무열왕)에게 천거하였다. 중국 당나라 때에, 왕이 군사를 거느리고 당나라 장군과 함께 백제를 치는 데 관창을 부장으로 삼았다. 황산벌에 이르러 두 쪽 군사가 맞서게 되었는데, 아버지가 관창에게 일렀다.

"네가 비록 나이는 어리나 굳은 의지와 기개가 있으니 오늘이야말로 공훈을 세워 이름을 드날릴 때이다. 어찌 용기를 내지 않겠느냐?"

관창이 말하였다.

"그렇게 하오리다."

관창은 곧 말에 올라 창을 비껴들고 바로 적진을 쳐들어가 말을 달리면서 여러 명을 죽였다. 그러나 적은 많고 신라 편은 적었기 때문에 적에게 사로잡혀 백제 원수 계백 앞으로 끌려갔다. 계백이 투구를 벗겨 보고 그가 어리고 용감한 것을 아깝게 여겨 차마 죽이지 못하고 탄식하여 말하였다.

"신라에는 기특한 사람이 많구나. 소년도 이렇거든 하물며 장사들이야 어떻겠는가?"

그러고는 그냥 살려 돌려보내도록 하였다. 관창이 돌아와서 말하였다.

"아까 내가 적진에 들어가서 장수를 베고 깃발을 빼앗지 못한 것이 매우 한스럽다. 다시 들어가면 반드시 성공하리라."

손으로 물을 움켜 마시고는 다시 적진에 돌입하여 격렬하게 싸웠는데, 계백이 그를 사로잡아 머리를 베어 가지고 그의 말안장에 매어 돌려보냈다.

아버지가 관창의 머리를 잡고 소매로 피를 씻으며 말하였다.

"내 아들의 얼굴이 살아 있는 것과 같구나. 나랏일에 죽었으니 후회할 것이 없다."

신라 삼군이 이것을 보고 모두 격분하여 뜻을 가다듬고 북을 울리고 고함을 치면서 쳐들어가니 백제가 크게 졌다.

왕이 관창에게 급찬 벼슬을 주고 예를 갖추어 장사를 지내 주었다. 그 가족들에게 당 명주 서른 필과 스무 새* 베 서른 필과 곡식 백 섬을 부의로 주었다.

ㅡ《삼국사기》

---

* 새는 피륙을 짜는 날을 세는 단위인데, 한 새는 날실 여든 올이다.

❖ 관창과 계백은 하나는 신라의 소년 장군이요, 하나는 백제의 운명을 한 어깨에 메었다고 할 수 있는 노련한 장군이라는 점에서 차이가 있을 뿐이다. 다 같이 한 전쟁터, 곧 황산벌 대전투에서 저마다 자기 나라를 위하여 몸 바쳐 싸웠다.

설총과 화왕계

설총의 자는 총지이고, 할아버지는 나마 담날이요, 아버지는 원효이다. 처음에는 중이 되어 불경에 정통하였는데, 얼마 뒤에 속세로 돌아와 스스로 '소성거사'라 했다.

설총은 성품이 총명하고 영민하여 어려서부터 도술을 알았다. 우리말로 구경(중국의 아홉 경서)을 읽어 후배들을 가르쳤는데 지금[고려]까지 학자들이 그를 존경하고 있다. 그는 또 글을 잘 지었으나 세상에 전해 오는 것이 없고, 다만 지금 남쪽 지방에 설총이 지었다는 비문이 더러 있다고 한다. 그러나 글자들이 이지러져서 읽을 수 없으므로 어떠한 내용인지 알 수 없게 되었다.

여름 오월에 신문대왕이 높다랗게 밝은 방에서 설총을 돌아보면서 말하였다.

"오늘 오랜 비가 처음으로 개고, 남풍이 좀 서늘하구나. 비록 맛있는 음식과 듣기 좋은 음악이 있더라도 고상한 이야기나 재미있는 농담으로 유쾌하게 노는 것만 못하다. 그대는 분명 색다른 이야기도 들었을 터인데 어찌 나를 위하여 이야기하지 않는가?"

218

설총이 말하였다.

"예. 신이 들으니 예전에 화왕(모란꽃)이 처음 올 때에 그것을 향기로운 동산에 심고 푸른 장막으로 보호하였더니 봄철이 되어 곱게 피어나 온갖 꽃들 중에서 훨씬 뛰어났습니다. 이에 가까운 데부터 먼 곳에 이르기까지 곱고 아리따운 꽃의 정령들이 모두 앞다투어 달려와서 화왕을 배알하였습니다.

그런데 갑자기 어떤 아름다운 여자가 발그레한 얼굴, 옥 같은 이에 고운 입성을 말쑥하게 차리고 간들간들 걸어와서 공손하게 다가서며 말하였습니다.

'저는 눈같이 흰 모래톱에 자리 잡고 거울같이 맑은 바다를 마주 보며 봄비에 목욕하여 때를 씻고 맑은 바람을 쐬면서 유유자적하는데, 이름은 장미라고 하옵니다. 대왕의 어지신 덕망을 듣고 이 향기로운 휘장 속에서 잠자리를 모시려 하오니 대왕은 내 뜻을 받아 주시겠습니까?'

또 어떤 남자가 베옷에 가죽 띠를 띠었으며 성성한 백발에 지팡이를 짚고 비틀거리는 걸음으로 굽실굽실 걸어와서 말하였습니다.

'나는 서울 문밖 큰길가에 살고 있습니다. 아래로는 아득하게 너른 들판의 경치를 내려다보고, 위로는 높이 솟은 산세에 의지하여 살고 있는데, 이름은 할미꽃이라고 합니다. 내 생각에는 좌우의 공급이 풍족하여 기름진 음식으로 배를 채우고 차와 술로 정신을 맑게 하며 의복이 장롱 속에 쟁여 있다고 하더라도, 좋은 약으로 기운을 돋우고, 독한 침으로는 병독을 제거해야 합니다. 그러므로 옛글에 실과 삼으로 만든 좋은 옷감이 있더라도 풀이나 갈과 같이 천한 물건을 버리지 않아야 모든 사람이 아쉬운 것이 없다 하였습니다. 대왕은 혹 이런 생각을 두시는지요?'

누가 옆에서 물었습니다.

'두 명이 이렇게 왔으니, 누구를 두고 누구를 보낼 것입니까?'

화왕이 대답하였습니다.

'영감의 말도 일리가 있지만, 어여쁜 여자는 얻기가 어려운 것이니 이 일을 어떻게 해야 할까?'

영감이 다가서서 말하였습니다.

'나는 대왕이 총명하여 사리를 알리라고 생각했기 때문에 왔던 것인데 지금 와서 보니 그렇지 않군요. 무릇 임금된 사람치고 간사한 자를 가까이하지 않으며 정직한 자를 멀리하지 않는 이가 드물었습니다. 때문에 맹자는 불우한 신세로 일생을 마쳤으며 풍당(중국 한나라 사람)은 머리가 희도록 시시한 낭중 벼슬에 그쳤습니다. 예부터 도리가 이러하였거늘, 내가 이를 어찌하겠습니까?'

화왕이 말하였습니다.

'내가 잘못했노라, 내가 잘못했노라.'"

왕은 이에 안색을 바로 하여 말하였다.

"그대가 비유한 말은 진실로 뜻이 깊도다. 이 이야기를 기록해 두어 임금된 자의 경계로 삼겠다."

그러고는 설총을 발탁하여 높은 벼슬을 주었다.

세상에 전하는 말에는, 왜의 진인이 신라 사신 설판관에게 주는 시 서문에 다음과 같이 썼다고 한다.

"원효거사가 지은 '금강삼매론'을 본 적이 있으나 저자를 직접 보지 못한 것을 매우 한스럽게 여기었다. 신라 사신 설 씨가 바로 원효거사의 손자라고 한다. 비록 그 할아버지는 보지 못하였으나 손자를 만난 것이 기뻐서 이에 시를 지어 보낸다."

그 시는 지금 남아 있으나 그 자손들의 이름을 알 수 없다. 우리 고려 현종이 왕위에 있은 지 13년(1022)에 설총에게 홍유후를 추증하였다.

어떤 이는 설총이 일찍이 당나라에 가서 유학하였다고 하나, 사실인지는 알 수 없다.

　　　　　　　　　　　　　　　　　　　　　　　　　　　　　－《삼국사기》

❖ 설총은 강수보다 조금 늦은 7세기 후반기에 활동한 이름 높은 학자, 교육가이며 재능 있는 작가이다.

설총의 문학적 경향과 재능을 가장 잘 보여 주는 '화왕계'는 우화 형식으로 쓴 산문 작품으로 당시 왕을 우두머리로 한 봉건 통치 계급들의 진면모를 드러내고 있다. 곧 겉으로는 위엄이 있고 슬기로워 보이나 어리석고, 여색과 아첨하는 무리들의 꾀에 빠져 옳고 그른 것을 제대로 분간할 줄 모르는 면모를 폭로하며 나무라고 있는 것이다. 따라서 이 작품을 통해 우리 고대 산문 문학 발전을 확인할 수 있다.

붓을 놓지 않은 김생

김생은 부모가 가난하고 변변치 못하여 집안을 알 수 없으나 성덕왕 10년(711)에 태어났다.

그는 어려서부터 글씨를 잘 썼는데, 평생 다른 기예는 닦지 않았다. 나이 팔십을 넘어서도 붓을 놓지 않고 글씨를 썼으며, 예서와 행서, 초서에 모두 입신의 경지에 이르렀다. 지금[고려]도 이따금 그의 친필을 볼 수 있는데 학자들이 보배로 여겨 전하고 있다.

중국 송나라 때에, 학사 홍관이 사신을 따라 송나라에 가서 변경(중국 하남성)에서 숙소를 정하여 묵었다. 이때 한림 대조 양구, 이혁 등이 황제의 칙서를 가지고 그 숙소에 와서 그림 족자에 글씨를 쓰고 있었다.

홍관이 그들에게 김생이 행초서*로 쓴 글씨를 보이니 두 사람이 크게 놀라 말하였다.

"오늘날 왕희지의 친필을 얻어 보게 될 줄 몰랐소."

홍관이 말하였다.

* 행초서는 한자 서체 가운데 행서와 초서를 아울러 이르는 말. 행서는 살짝 흘려 쓴 글씨이고, 초서는 한자 서체 가운데 가장 흘려 쓴 글씨이다.

"왕희지의 친필이 아니라 이는 신라 사람 김생이 쓴 것이오."

두 사람이 웃으면서 말하였다.

"천하에 왕희지가 아니고서야 어찌 이렇게 훌륭한 글씨가 있겠소?"

홍관이 여러 번 말하였지만 그들이 끝까지 믿지 않았다.

또한 송나라에는 요극일이란 사람이 있어서 벼슬이 시중 겸 시서학사에 이르렀는데, 필력이 굳세어 구양순의 솔경체*를 체득하였다. 그의 글씨가 비록 김생을 따르지는 못하였으나 역시 솜씨가 기묘하였다.

─《삼국사기》

❖ 김생은 8세기에 활동한 신라의 명필이다. 이 설화는 김생의 생애와 함께, 송나라에 사신으로 갔던 홍관의 일화를 통하여 그의 글씨가 얼마나 뛰어났는가를 이야기하고 있다.

이를 기록한 김부식은 우리나라의 이러저러한 문화유산들과 그 유산의 창작자들에게 상당히 깊은 관심을 가지고 있었다. 그에 대하여 민족의 자부심을 가지고 있었으며, 이를 애써 밝히려고 한 것을 분명히 알 수 있다.

---

*송나라 명필 구양순의 서체. 솔경령이란 직책을 지녔으므로 솔경체라 한다.

불국사를 세운 김대성

모량리(지금의 경주 서쪽)에 사는 가난한 여자 경조에게 아이가 있었다. 머리가 크고 정수리가 평편하여 성처럼 생겼으므로 이름을 '대성'이라 하였다.

경조는 집이 가난하여 아이를 키우기가 어려웠으므로 부자 복안의 집에 가서 품팔이를 하였다. 그 집에서 밭 몇 이랑을 경조에게 나누어 주어 살림 밑천으로 삼게 하였다. 이때 중 점개가 육륜회를 흥륜사에서 베풀려고 하여 복안의 집에 와서 시주하기를 권하였다. 복안이 베 오십 필을 시주하니 점개가 주문으로 축원하였다.

"단월(절에 시주하는 사람)이 시주하기를 좋아하시니 천신이 항상 보호하여 하나를 시주하면 만 배의 이익을 얻게 하며, 안락을 누리고 장수하게 하소서."

대성이 그 소리를 듣고 뛰어 들어와 어머니께 말하였다.

"제가 문가에서 중이 외는 말을 들으니 하나를 시주하면 만 배를 얻는다고 하더이다. 생각건대 우리는 전생에 적선한 것이 없어서 지금 이와 같이 곤궁하니 이제 시주하지 않으면 내세에는 더욱 어려울 것입니다. 우리가 부쳐 먹는 밭을 법회에 시주하여 후생의 덕을 도모함이 어떠하오리까?"

어머니가 좋겠다고 하여 밭을 점개에게 시주하였다.

얼마 뒤에 대성이 죽었는데, 이날 밤에 재상 김문량의 집에서는 하늘에서 외치는 소리가 들렸다.

"모량리의 대성이란 아이가 이제 네 집에 태어날 것이다."

집안사람들이 깜짝 놀라 사람을 시켜 모량리에 가서 알아보았더니, 과연 대성이 죽었는데 바로 하늘에서 부르짖음이 있던 시각과 같았다. 김문량의 아내에게 그날부터 태기가 있어 아이를 낳는데, 아이가 왼손을 꼭 쥐고 펴지 않다가 이레 만에야 손을 폈다. 손 안에는 금으로 만든 쪽에 '대성'이란 두 자가 새겨져 있었으므로 그대로 아이의 이름을 지었다. 그리고 그의 예전 어머니를 집으로 맞아다가 함께 살게 하였다.

대성이 장성하여 사냥하기를 좋아하였다. 하루는 토함산에 올라가서 곰 한 마리를 잡아 산 아래 마을에 와서 잤더니, 꿈에 그 곰이 귀신으로 변해서 시비를 걸었다.

"네가 무엇 때문에 나를 죽였느냐? 내가 너를 잡아먹으리라!"

대성이 무서워 떨면서 용서해 달라고 하니 귀신이 말하였다.

"나를 위하여 절을 세워 줄 수 있겠는가?"

대성이 그러겠다고 맹세하고 꿈에서 깨니 땀이 흘러 자리가 온통 젖어 있었다. 그 뒤로는 사냥을 하지 않고 곰을 위하여 곰 잡던 곳에 장수사를 세웠다. 이로 인하여 대성은 마음에 느껴지는 점이 있어 자비로운 일을 하려는 결심이 한결 더하여졌다.

이에 대성은 현생의 부모를 위해서는 불국사를 세우고, 전생의 부모를 위해서는 석불사(석굴암)를 세웠다. 신림과 표훈 두 대사를 청해서 따로 살게 하였으며, 거대한 불상을 차려 놓아 길러 준 수고에 보답하였다. 이와 같이 한 몸으로 두 세상의 부모께 효도를 한 것은 드문 일이니, 어찌 착한 시주의 증험을 믿지 않을 수 있겠는가!

대성이 석불을 조각하려고 큰 돌 한 개를 다듬어 불상을 안치할 감실의 뚜껑을 만드는데, 갑자기 돌이 세 토막으로 갈라졌다. 대성이 분하게 생각하다가 어렴풋이 졸았는데, 밤중에 천신이 내려와서 다 만들어 놓고 돌아갔다.

대성이 바로 자리에서 일어나 급히 남쪽 고개로 달려가 향을 태워 천신을 공양하였다. 이 때문에 그곳을 '향고개'라고 하였다.

불국사의 구름다리와 돌탑은 돌과 나무를 새기고 물리고 한 그 기교가 동방의 여러 절들 가운데 으뜸이다.

지방에서 전하는 옛 기록에 적힌 사적은 이와 같으나, 절에 있는 기록에는 이렇게 이르고 있다.

"재상 대성이 경덕왕(신라 35대 임금) 10년(751)에 불국사를 처음 세우기 시작하였다. 혜공왕(신라 36대 임금) 10년(780) 12월 2일에 대성이 죽으니 국가에서 이를 완성하여 끝마쳤다. 처음에 유가종(불교의 한 종파)의 대덕 항마를 청해서 이 절에 거주하게 하였고 그것을 이어 오늘에 이르렀다."

이렇듯 전하는 이야기와는 맞지 않으니, 어느 것이 옳은지 알 수 없다.

—《삼국유사》

❖ 김대성은 신라 시대의 정치가이자 건축가이며 조각가이다. 여기서는 그가 세운 경주 불국사와 석불사의 창건 이야기를 불교식으로 신비화하고 있다.

이 설화 내용에는 불교에서 말하는 이른바 보응설이 되풀이된다. 그리하여 어려운 집에 태어난 주인공 대성이 불교를 위해 좋은 일을 했기에 귀족 집안에 다시 태어나 호강도 할 수 있었다는 것이다. 때문에 두 부모를 다 극진히 모실 수도 있었으며, 또한 큰 절을 지어 부모에게 좋은 일을 할 수가 있었다고 한다.

장보고와 정년

장보고와 정년은 모두 신라 사람인데 고향과 집안 내력을 알 수 없다.

두 사람 모두 전투를 잘하였고, 정년은 또한 바다 물밑으로 들어가 오십 리를 다녀도 숨이 차지 않았다. 용맹과 힘을 견주면 장보고가 정년보다 좀 못하였으나, 정년은 장보고를 형님으로 불렀다. 그러나 장보고는 나이로 하여, 정년은 기량과 재능으로 하여 서로 의견이 맞지 않았고 서로 지려 하지 않았다.

두 사람이 당나라에 가서 무령군 소장으로 있을 때에 말을 달리며 창을 쓰는 데 당할 자가 없었다. 그 뒤에 장보고가 귀국하여 왕에게 말하였다.

"중국을 돌아다녀 보니 우리나라 사람들을 노비로 삼고 있습니다. 바라옵건대 나에게 청해를 지키는 일을 맡기시면 해적들이 사람을 서쪽으로 끌고 가지 못하도록 하겠습니다."

청해는 신라 해상의 요충이니 지금은 '완도'라고 한다. 왕이 장보고에게 군사 만 명을 주어 청해를 지키게 하였더니, 이 뒤로는 바다 위에서 우리 사람들을 노비로 파는 자가 없어졌다.

장보고는 이미 귀하게 되었으나 정년은 벼슬에서 떨어져 사수(중국 강남)의 연수현에서 굶주림과 추위에 시달리고 있었다. 하루는 정년이 연수현을 지키는 장수 풍원규에게 말하였다.

"나는 우리나라로 돌아가서 장보고에게 의탁하겠네."

풍원규가 말하였다.

"그대가 장보고에게 믿는 것이 무엇이기에 스스로 가서 그의 손에 죽으려 하는가?"

정년이 말하였다.

"굶주리고 얼어서 죽느니보다 차라리 창칼에 죽는 것이 나을 것이며 더군다나 고향에서 죽으니 좋지 않겠는가?"

그러고는 그곳을 떠나 장보고에게 갔다. 두 사람이 술을 마시면서 매우 즐기는데 술자리가 끝나기 전에, 왕이 살해되고 나라가 어지러워졌으며 임금의 자리가 비었다는 말을 듣게 되었다. 장보고가 군사 오천 명을 정년에게 나누어 주고는 정년의 손을 잡고 울면서 말하였다.

"그대가 아니면 나라의 환란을 평정할 수가 없다."

정년이 나라에 들어가서 반역자를 죽이고 왕을 세웠다. 왕이 장보고를 불러 재상으로 삼고 정년에게 장보고를 대신하여 청해를 지키게 하였다.

—《삼국사기》

❖ 장보고는 9세기 전반기에 활동한 사람이다. 그가 산 때는 신라에서 이미 수공업과 상

업이 꽤 발전하고 가까운 나라들과 교통 무역이 상당히 활발하던 때로, 그의 전기에는 이러한 현실이 반영되어 있다.

《삼국사기》장보고전은 주인공의 실제 전기보다도 지은이의 논평이 더 많은 분량을 차지한다. 지은이의 논평 가운데는 역사 인물에 대해 정당한 평가를 하는 긍정의 면도 있지만 일부에서는 지은이의 계급적, 세계관의 한계를 그대로 드러내는 면도 적지 않다. 때문에 여기서는 논평 전문을 생략하였다. 그러나 역사 인물들에 대한 긍지 높은 평가 태도를 한결같이 보이고 있는 점은 눈여겨볼 만하다.

경문왕의 나귀 귀

경문왕이 잠을 자는 궁전에는 매일 저녁이면 무수한 뱀이 무리로 모여들었다. 대궐에서 일 보는 사람들이 겁을 내어 쫓아내려고 하니 왕이 말하였다.

"곁에 뱀이 없으면 편안히 잘 수 없으니 부디 뱀을 쫓지 말라."

왕이 잘 때에는 언제나 뱀들이 혀를 내밀어 왕의 가슴을 덮어 주었다.

왕위에 오르자 왕의 귀가 갑자기 나귀 귀처럼 길어졌다. 왕후와 궁인들은 아무도 이것을 몰라보았으나 오직 복두 만드는 장인바치 한 사람만이 알고 있었다. 그러나 평생에 남에게 말하지 않더니, 그 사람이 죽을 즈음에 도림사의 대숲 속 사람 없는 곳에 들어가서 대나무를 향하여 외쳤다.

"우리 임금 귀는 나귀 귀와 같다!"

그 뒤로 바람이 불 때면 대나무가 소리를 내었다.

"우리 임금 귀는 나귀 귀와 같다!"

왕이 이 소리를 싫어하여 곧 대나무를 베어 버리고 산수유를 심었더니 바람이 불면 다만 이런 소리만 났다.

"우리 임금 귀는 길다!"

—《삼국유사》

❖ 이 이야기는 우리나라뿐 아니라 세계 여러 나라에 널리 구전되고 있다.

경문왕(신라 48대 임금)의 귀가 길어졌다는 것은 두 가지 뜻으로 해석할 수 있는데. 숨겨야 하는 부끄러운 일로 본다면 왕권의 불안정을 상징한다고 볼 수 있다. 반면에 특별한 능력을 상징하는 것으로도 해석할 수 있으며, 대나무를 베어 내고 산수유를 심은 것은 권력 투쟁의 결과라고 볼 수 있다.

뛰어난 문학가 최치원

최치원은 자가 고운이니 서울(경주) 사량부 사람이다. 역사에 전한 것이 없으므로 집안 내력을 알 수 없다.

최치원은 어려서 찬찬하고 민첩하였으며 학문을 좋아하였다. 나이 열두 살에 배를 타고 당나라로 유학을 가려 할 때에 그의 아버지가 일렀다.

"십 년이 되도록 과거에 급제하지 못하면 내 아들이 아니다. 가서 힘써 공부하라!"

최치원은 당나라에 이르러 스승을 따라 공부를 부지런히 하였다.

중국 당나라 희종 때에, 예부시랑 배찬 밑에서 과거를 보아 단번에 급제하여 선주 율수(중국 강소성) 현위로 임명되었다. 그는 공적을 인정받아 승무랑 시어사 내공봉으로 되어 자금어대(당나라 병부)를 받았다.

이때 황소의 반란*이 일어났다. 고병이 제도행영 병마도통이 되어 토벌하게 되었는데, 최치원을 종사관으로 삼아 서기 임무를 맡겼다. 그때 그가 지은 표문, 장계, 편지나 지시문들이 지금[고려]까지 전하고 있다.

* 황소의 반란은 중국 당나라 말기(875~884년)에 일어난 농민 반란.

스물여덟 살이 되었을 때에 부모를 뵈러 귀국할 뜻을 가졌다. 희종이 최치원의 뜻을 알고 그더러 조서를 가지고 사신으로 가도록 하였다. 신라에서는 그를 머물러 두어 시독으로 임명하고 아울러 한림학사 수병부 시랑 지서서감사로 삼았다.

최치원은 중국 유학에서 배운 것이 많다고 생각하여 본국에 돌아온 뒤에 자기 뜻을 실행하려 하였다. 하지만 세상이 어지러워 그를 의심하고 꺼리는 자가 많아 뜻이 받아들여지지 않았고, 지방 관리인 태산군(지금의 전북 정읍) 태수가 되었다.

어느 날, 최치원이 부성군(지금의 충남 서산) 태수로 있다가 신년을 축하하는 사신으로 부름을 받았다. 그러나 당나라에 해마다 흉년이 들고, 도적이 곳곳에 일어나 길이 막혔기 때문에 가지 못하였다. 그 뒤에 그가 당나라에 사신으로 간 일이 있었으나 어느 해인지 알 수 없다.

최치원이 당나라에 가서 벼슬하다가 고국에 돌아왔으나, 어려운 때를 만나서 처지가 곤란하였다. 자칫하면 죄에 걸려 매번 비난을 받으니, 스스로 때를 만나지 못한 것을 한탄하여 다시는 벼슬할 뜻을 두지 않았다.

최치원은 세속과 관계를 끊고 자유로운 몸이 되어 산의 숲속과 강이나 바닷가를 자유롭게 돌아다녔다. 누대와 정자를 짓고 소나무와 대나무를 심으며 책을 잔뜩 쌓아 베개를 삼고 자연을 노래하며 읊었다. 경주의 남산과 강주의 빙산, 협주의 청량사, 지리산의 쌍계사, 합포현의 별장*들이 모두 그가 노닌 곳이다.

최치원은 말년에 가족을 데리고 가야산 해인사에 은거하면서 동복형으로 중이 된 현준과 중 정현과 마음이 맞는 벗을 맺었다. 한가로이 은거 생활을 같이 하면서 여생을 마쳤다.

최치원이 처음 당나라에 유학할 때에 중국 강동에 사는 시인 나은과 친해졌다. 나은은 자기 재주를 믿고 스스로 높은 체하여 좀처럼 다른 사람을 인정하려 하지 않았다. 그러나 치원에게는 노래와 시 다섯 두루마리를 지어 보냈다. 또 같은 해 과거에 급제한 당나라 사람 고운과도 친하였는데, 치원이 돌아올 때에 고운이 시를 지어 송별하였다. 그 시는 다음과 같다.

　　내 들으니 바다 위에 큰 금자라 셋*이 있어

　　높고 높은 산을 머리에 이었다네.

　　구슬, 자개, 황금 대궐 산마루에 솟았고

　　천만리 넓은 바다 그 산 밑을 둘렀네.

　　그 곁에 자리 잡은 계림 땅 푸른 한 점

　　자라산의 정기 어려 기이한 인재 태어났네.

　　열두 살에 배를 타고 바다를 건너

　　중국의 온 나라를 문장으로 울렸다네.

* 강주의 빙산이 어디인지는 분명하지 않다. 지금의 경상북도 의성 동남쪽 40리쯤에 빙산이 있는데, 이곳이 아닌가 한다. 협주는 지금의 경상남도 합천이다. 청량사는 월류봉 밑에 있다. 합포현은 지금의 경상남도 창원 서남쪽 10리 언저리에 있다. 경치가 아름답고 월영대가 있다.
* 큰 금자라 셋〔三金鼇〕은 중국 전국시대에 열어구가 쓴 《열자》 '탕문' 편에 나온 말로, 바다에 큰 금자라 셋이 머리에 산을 이고 왔는데, 그것이 바로 신선이 사는 '삼신산'이라는 것이다.

열여덟에 문단 싸움 휩쓸고 다니면서

첫 화살로 과녁 맞히듯 급제했네.

중국 역사책 《신당서》 〈예문지〉에 이르기를 "최치원의 《사류집》 1권과 《계원필경》 스무 권이 있다" 하였다. 그 주석에 이르기를 "최치원은 고려 사람으로 빈공과(외국인이 보는 중국 과거)에 급제하여 고병의 종사관이 되었다" 하였으니, 그가 중국에서 알려진 것을 알 수 있다. 또한 그의 문집 서른 권이 세상에 나돌고 있다.

처음에 우리 고려 태조가 일어나려 할 때에, 최치원은 태조가 비범한 인재로 반드시 천명을 받들어 나라를 세울 것을 알고 편지를 보냈다. 거기에는 이런 글귀가 있었다.

"계림은 누른 잎이요, 곡령(고려)은 푸른 솔이다."

고려 초기에 최치원의 제자들이 고려로 많이 와서 벼슬하여 높은 자리에 이른 자도 적지 않았다.

고려 현종이 왕위에 있을 때, 최치원이 태조의 왕업을 은연히 도왔으니 공을 잊을 수 없다 하여 그에게 내사령 관직을 추증하였다. 그 뒤에도 현종은 그에게 '문창후'라는 시호를 주었다.

—《삼국사기》

❖ 최치원은 9세기 이전 우리나라 고대 문학을 집대성하였다고 할 수 있는 작가이며 학자이다.

신라 6두품 출신으로, 당나라에 17년 동안 머물면서 여러 글을 썼다. 신라로 돌아와 나라를 개혁하려 했으나 뜻을 이루지 못했다.

최치원은 방대한 작품을 썼지만, 안타깝게도 상당히 많은 부분이 후세에 전해지지 못했다. 김부식이 이 글을 썼을 당시만 해도 문집 서른 권이 세상에 나돌고 있다고 할 만큼 그의 작품이 많이 남아 있던 것으로 보인다.

문집으로 《계원필경》, '고의'나 '우흥' 같은 시 작품, 산문으로는 《수이전》에 실린 '쌍녀분', '수삽석남'과 같은 전기 작품 들이 남아 있다.

효녀 지은

효녀 지은은 한기부 백성 연권의 딸로 성품이 지극히 효성스러웠다. 어려서 아버지를 여의고 홀로 어머니를 모셨으며 나이 서른두 살이 되어도 시집을 가지 않고 밤낮 어머니 곁을 떠나지 않았다.

어머니를 봉양할 것이 없으면 품팔이도 하고 동냥도 하며 밥을 빌어다가 모셨다. 그러나 날이 갈수록 고단함을 견딜 수가 없어서 부잣집에 가서 몸을 팔아 종이 되기로 하고 쌀 십여 섬을 얻었다. 하루 종일 부잣집에 다니면서 일을 해 주고 날이 저물면 집에 돌아와서 밥을 지어 어머니께 드렸다. 이렇게 한 지 사나흘 뒤에 어머니가 딸에게 말하였다.

"전에는 밥이 거칠었으나 맛이 좋더니 이즈음에는 밥은 좋으나 맛이 전과 같지 않으며, 마치 뱃속을 칼로 찌르는 듯하니 이것이 웬일이냐?"

딸이 사실대로 아뢰니 어머니가 말하였다.

"나 때문에 네가 종노릇을 하니 차라리 빨리 죽는 것만 못하구나!"

그리고 목을 놓아 크게 우니 딸도 따라 울었다. 그 집 앞을 지나가는 사람들이 애처로워하였다.

이때 화랑 효종랑이 나다니다가 그 사연을 알게 되었다. 그는 집으로 돌아와서 부모에게 청하여 곡식 백 섬과 옷가지를 지은의 집에 실어다 주고, 지은을 종으로 산 주인에게 몸값을 보상하여 양인으로 돌려놓았다. 이를 지켜본 화랑의 무리 몇천 명도 각각 곡식 한 섬씩을 내주었다.

진성여왕(신라 51대 임금)이 이 말을 듣고 벼 오백 섬과 집 한 채를 주고 모든 부역을 면제해 주었다. 뿐만 아니라 곡식이 많아서 도적이 들까 염려하여, 관리에게 시켜 병사를 보내 번갈아 집을 지켜 주도록 하였다. 그리고 효녀 지은의 효행을 칭찬하기 위하여 그 마을을 '효양방'이라 하였다.

효종랑은 당시 셋째 재상인 서발한 인경의 아들이었는데 어렸을 때 이름은 화달이었다. 왕이 생각하기를, 효종랑이 나이는 어리나 어른스럽다고 여겨 자기 오라버니 헌강왕의 딸을 아내로 삼게 하였다.

─《삼국사기》

❖ 효녀 지은 이야기는 《삼국유사》에도 있다. 내용은 대체로 이 작품과 비슷하나, 다만 몇몇 사실들이 조금씩 차이가 있다. 예를 들어 《삼국유사》에서는 지은 모녀가 우는 것을 본 사람이 화랑 효종이 아니라 효종의 낭도들이었던 것으로 되어 있으며, 지은의 나이도 스무 살 내외로 나온다.

효녀 지은 이야기를 '심청전'의 뿌리로 보고 있다.

우리 고전 깊이 읽기

- 설화와 전기에 관하여
- 《삼국사기》와 김부식
- 《삼국유사》와 일연

설화와 전기에 관하여

이 책은 14세기 이전의 설화와 전기 작품을 골라 엮은 작품집으로, 《삼국사기》와 《삼국유사》를 기본으로 하면서 《동국여지승람》과 같은 민족 고전에서 좋은 작품을 추려 실었다. 고조선, 부여, 고구려, 백제, 신라, 가야 시대에 창작된 다양한 설화 작품을 수록하고 있다.

설화는 옛날부터 전해 내려오는 이야기이다. 오랜 시간 동안 입에서 입으로 전해지면서 많은 사람들이 함께 만든 이야기이다. 설화는 다시 신화, 전설, 민담으로 나눈다.

신화는 '신의 이야기'라는 뜻이다. 하늘, 땅, 인간, 민족, 국가 등의 유래에 관한 이야기로 민족이나 국가 단위로 전승되며, 해당 민족이나 국민들은 이를 신성하게 여긴다.

전설은 '전해 내려오는 이야기'라는 뜻이다. 이야기를 듣고 전하는 이들이 모두 진실된 것으로 믿는 이야기로 구체적인 시간과 장소가 나타나 있고, 기념물이나 증거물도 있다.

민담은 '민간에 전승되는 이야기'라는 뜻이다. 흥미 중심으로 꾸며 내어 전해지는 이야기로, 특정 장소, 시대, 인물, 증거물 들이 제시되지 않는다.

설화는 고대 시대부터 오늘날에 이르는 기나긴 역사를 걸쳐 만들어지고 발전하여 풍부해졌기 때문에, 내용과 형식이 매우 다양하고 풍부하다. 우리나라 고대 설화는 신화와 신화적 특징이 많은 전설이 만들어졌는데, 고대와 삼국시대의 건국 설화 형태로 전해지고 있다. 우리 문학사에서 건국 설화는 한 무리의 집단이 창조한 신화들이 입으로 전해 내려오는 과정에서 국가의 시작과 연결되어 정착되었다고 본다. 그리고 고대 설화 이후에는 전설과 민담 형태의 이야기들이 많이 창작되었다.

고대 설화문학은 우리나라 고전소설의 발생과도 밀접한 관련이 있다. 소설문학의 발생에는 여러 견해가 있지만, 설화문학이 고전소설의 원천임에는 틀림이 없다. 우리나라의 고전소설을 대표하며, 18세기에 창작된 국문 소설은 대개 구전설화에 그 뿌리를 두고 있다. 널리 알려진 '심청전'과 '토끼전'은, 이 작품집에 실려 있는 '효녀 지은'과 '토끼와 거북 이야기'라는 고대 설화에서 시작하였다.

이 책에는 어떤 인물의 생애와 활동을 그의 생활 과정을 따라 이야기 형식으로 쓴 전기가 많이 실려 있다. 《삼국사기》의 〈열전〉에 있는 작품이 대부분으로,

인물들의 사실적 기록뿐만 아니라 그 시기 사람들의 생활과 생각이 잘 나타나 있다. 민중들이 사실적 기록에 자신들의 생각을 더해 재미있게 고치기도 하면서 이런 내용도 함께 담게 되었다. 민중이 창조한 설화가 있었기에, 이를 기초로 하여 《삼국사기》의 저자 김부식은 우수한 전기 작품을 완성할 수 있었다. 때문에 전기 작품에는 민중의 이상과 지향, 감정이 차곡차곡 담겨 있다.

이 전기 작품 가운데서 문학적으로 가장 뜻깊은 작품으로 '온달과 평강공주', '신의를 지킨 도미 부부', '설 씨의 딸' 같은 것들이 있다. 대표적으로 '온달과 평강공주' 이야기는 지금도 드라마, 뮤지컬, 연극, 영화, 웹툰, 음악극, 지역 축제 행사 따위로 다양하게 활용되고 있다. 이는 설화가 예술성, 창의성, 오락성과 같은 문화 요소를 갖추었다는 것을 보여 주며, 지금 우리가 살고 있는 시대에도 즐길 수 있는 문화로 충분한 가치가 있다는 것을 말해 준다.

오랜 역사와 찬란한 전통문화를 지니고 있는 우리 민족은 먼 옛날부터 자기들의 생활과 감정을 반영한 문학과 예술을 훌륭히 창조하고 발전시켜 왔다. 이 책에 수록된 설화와 전기는 찬란한 문화생활을 해 온 우리 민족이 남긴 귀중한

문화유산을 대표하는 것들이다. 때문에 국가, 계층, 신분, 남녀 간의 갈등으로 그려진 작품에 담긴 시대 의식을 읽으며 당시 역사적 사실을 이해할 수도 있다.

또한 설화문학은 우리에게 감동과 교훈, 그리고 재미를 줄 뿐만 아니라, 현재에도 다양한 매체로 각색되어 우리의 무한한 상상력을 자극한다. 따라서 설화문학을 읽는 것은 과거와 현재, 그리고 미래를 연결 짓는 중요한 일이라고 할 수 있다.

《삼국사기》와 김부식

《삼국사기》는 고려 때 김부식(1075~1151)이 인종의 명을 받들어 11명의 사관들과 함께 쓴 역사책이다. 이 책은 현재 전하는 우리 역사책 가운데에서 가장 오래된 것으로, 고구려, 백제, 신라의 역사를 서술한 책이다.

김부식은 고려 중기의 유능한 정치가이자 문인이다. 주요 관직을 두루 거쳤으며 묘청의 난(1135)을 진압하기도 했다. 왕명을 받들어《삼국사기》를 편찬한 것은 관직에서 물러난 뒤였다.

《삼국사기》는 역사적 인물의 전기를 이어가며 한 시대의 역사를 구성하는 기술 방법인 기전체 방식을 택하여, 본기 28권(고구려 10권, 백제 6권, 신라 12권), 지(천문, 지리, 예악, 정형 따위를 기술한 것) 9권, 연표(역사상 발생한 사건을 연대순으로 배열하여 적은 표) 3권, 열전(여러 사람의 전기를 차례로 벌여서 기록한 책) 10권 등 모두 50권으로 구성되었다.

《삼국사기》〈본기〉에서 삼국을 모두 '우리나라'라고 표현하여 삼국을 계승한다는 의식을 보여 주고 있으나, 실제로는 고려가 신라를 계승한 것이라는 생각이 많이 담겨 있다. 또한 있는 그대로 기술할 뿐 새로 지어내지 않는다는 '술이 부작'의 원칙에 따라 고대 문헌에 기초하여 썼지만, 유교적인 사관을 바탕으로 편집하고 서술해 유교적 덕치주의와 합리주의적 시각을 보여 주는 역사책으로 평가받고 있다.

12세기 고려는 안으로는 개혁 세력과 보수 세력 간의 대립 때문에 정치적으로 혼란한 시기였고, 밖으로는 여진족이 이끄는 금나라가 북송을 멸망시키는 격동의 시대였다. 이때에 김부식은 고려인의 역사의식을 높이기 위해 《삼국사기》를 편찬한 것으로 알려져 있다. 이는 1145년 음력 12월에 김부식이 《삼국사기》의 편찬을 마치고 임금에게 올린 글 '진삼국사기표'에서 확인할 수 있다.

오늘날 학자와 관리들이 중국의 역사책에는 대해서는 잘 알아 자세히 설명하는 자가 많으나, 우리나라의 역사에 대해서는 도리어 막막하여 그 처음과 끝을 알지 못하니 매우 한탄할 일이다. (줄임) 중국의 역사책에 모두 삼국의 열전이 실려 있다. 그러나 그 경우 중국의 일은 자세히 하고 외국의 일은 간략히 하여, 삼국의 사실이 다 갖추어 실리지 못하였다.

— '진삼국사기표' 가운데

학자와 관리들이 중국의 역사만 잘 알고 우리 역사를 거의 모른다는 문제를 바로잡으려고 《삼국사기》를 편찬했다는 내용을 확인할 수 있다. 곧 《삼국사기》는 우리 역사가 오랜 세월 독자적으로 이어져 왔다는 것을 잘 알고, 그러한 주체성을 바탕으로 쓰인 역사책인 것이다.

하지만 김부식은 서경으로 도읍을 옮겨 정치를 개혁하고자 한 묘청의 반란을 진압하였기 때문에 고려의 '북진정책'을 중단시켰다는 비판을 받고 있다. 그리고 《삼국사기》를 사대주의 입장에서 썼다는 평가를 받기도 한다. 그렇지만 김부식은 《고기》, 《구삼국사》 같은 우리의 여러 문헌과 《삼국지》, 《후한서》 같은 중국 문헌까지 폭넓게 살펴 역사책을 완성하였다. 객관적이고 합리적인 눈으로 역사를 보고 《삼국사기》를 편찬한 것이다.

《삼국유사》와 일연

몽골과 벌어진 전쟁으로 나라 곳곳이 잿더미가 되었던 고려 후기에 승려 일연(1206~1289)은 《삼국유사》를 집필하였다. 정치적으로 불안하고 전쟁으로 고통 받던 고려 후기 민중들이 우리 문화에 자부심과 주체성을 가질 수 있도록 중국과 대등하면서도 독자적인 우리 역사를 책으로 집대성한 것이다.

《삼국유사》는 9편으로 구성되어 있다. 〈왕력〉 편은 왕들을 중심으로 쓴 연대기로 가야의 역사까지 포함하고 있다. 〈기이〉 편은 이상하고 신비로운 일에 관한 내용을 싣고 있다. 〈흥법〉 편은 삼국에 불교가 전래된 과정과 발전을 담고 있고, 〈탑상〉 편은 불교의 사찰, 탑, 경전 들을 다루었다. 〈의해〉 편은 훌륭한 승려, 〈신주〉 편은 귀신을 쫓아낸 이야기와 같은 신비스러운 주문, 〈감통〉 편은 불교적인 신비 체험과 기적을 소개하고 있다. 〈피은〉 편에서는 세상을 떠나 숨어서 산 사람들을 다루었고, 〈효선〉 편에서는 효성이 지극한 사람에 대해 이야기했다.

《삼국유사》는 왕명으로 편찬한 국가적인 역사책인 《삼국사기》와 달리 승려인 일연과 그의 제자들이 집필한 것으로, 불교 색채가 짙고 형식과 내용이 조금은 자유롭게 구성되어 있다. 또한《삼국사기》에는 빠진 고조선, 부여, 삼한, 가야, 발해까지 다루고 있기 때문에 우리 고대사를 이해하는 데 중요한 역사책으로 평가된다.

《삼국사기》와 달리, 일연의 서문이 따로 전하지 않기 때문에 〈기이〉편 앞에 붙은 머리말로《삼국유사》를 쓰게 된 동기를 살펴볼 수 있다.

> 대체로 옛 성인들은 예절과 음악으로 나라를 일으키고 인과 의로 가르침을 베푸는 데 있어 괴력난신(이성적으로 설명하기 어려운 불가사의한 존재나 현상)을 말하지 않았다. 그러나 제왕이 일어나려 할 때는 하늘의 명을 받고 예언이 적힌 도록을 얻어 반드시 보통 사람과는 다른 점이 있다. 그런 뒤에야 큰 변화를 타서 제왕의 지위를 얻고 대업을 이룰 수 있었다. (줄임) 그러므로 삼국의 시조들이 모두 신기한 일로 탄생했음이 어찌 괴이하겠는가. 이것이 책 첫머리에 기이 편이 실린 까닭이며, 그 의도도 여기에 있는 것이다.
>
> ─〈기이〉편 서문 가운데

《삼국사기》에는 수록되지 않는 '단군신화'를 포함시키면서 일연은, 고조선의 시조인 단군이 신비스러운 일로 탄생한 것이 전혀 괴이하지 않다고 힘주어 말하고 있다. 또한 '단군신화' 마지막에는 중국의 역사와 자신의 근거를 제시하여 민족의 자긍심을 일깨우려는 일연의 의도를 고스란히 담았다. 이는 곧 민족 주체성의 기반 위에서《삼국유사》를 집필한 것을 확인할 수 있다.

《삼국유사》제목의 '유사(遺事)'는 '기록되지 못하고 남은 일, 버려진 일'을 뜻한다. 제목으로만 본다면, 《삼국사기》보다 후대에 집필된 《삼국유사》는 《삼국사기》에 유교적 합리주의 사관 때문에 기록되지 못한 역사 사실을 있다는 것을 비판하며, 그러한 역사를 보충한다는 의미로 쓰인 것으로 보인다. 김부식이 의도적으로 배제한 탓에 사라질 수 있었던 다양한 설화문학을 우리가 《삼국유사》로 읽을 수 있는 것이다.

《삼국유사》에는 불교와 관련된 여러 가지 설화를 담고 있을 뿐만 아니라 민속, 예술, 문학 같은 고대 우리 민족 문화의 귀중한 자료를 기록하고 있다. 《삼국사기》가 왕과 유교 중심으로 기록한 역사책인 것과 달리, 이 책은 민중의 삶을 담고 있는 설화문학인 것이다. 그래서 소중한 우리 문화를 이해하고 연구하는 데 소중한 자산이다.

《삼국사기》와 《삼국유사》에는 옛날 사람들의 의미 있는 이야기가 매우 풍부하다. 이 두 책은 같은 시대를 다룬 역사책으로, 많은 부분이 비슷하면서도 또 다르다. 그렇기 때문에 이 두 책을 연결해 읽으면서 옛사람들의 삶을 되새기는 것도 좋을 것이고, 그 속에서 우리의 삶과 미래를 생각해 보는 것도 가치가 있을 것이다.

만남 3

삼국사기와 삼국유사

청소년들아, 설화를 만나자

2024년 4월 29일 1판 1쇄 펴냄

글쓴이 김부식, 일연 외 | **옮긴이** 리상호 외
다시쓴 이 정지영 | **그린이** 박건웅

편집 김누리, 김성재, 이경희, 임헌, 천승희
디자인 이종희 | **제작** 심준엽
영업마케팅 김현정, 심규완, 양병희 | **영업관리** 안명선
새사업부 조서연 | **경영지원실** 노명아, 신종호, 차수민
인쇄와 제본 ㈜상지사 P&B

펴낸이 유문숙 | **펴낸 곳** ㈜도서출판 보리
출판등록 1991년 8월 6일 제9-279호
주소 (10881) 경기도 파주시 직지길 492
전화 031-955-3535 | **전송** 031-950-9501
누리집 www.boribook.com | **전자우편** bori@boribook.com

보리는 나무 한 그루를 베어 낼 가치가 있는지 생각하며 책을 만듭니다.

ISBN 979-11-6314-357-4 44810
ISBN 978-89-8428-629-0 (세트)